Immer nur du

Teil 1

Plaisir d'Amour Verlag

FSC
www.fsc.org
MIX
Papier aus verantwortungsvollen Quellen
Paper from responsible sources
FSC® C105338

Vivian Hall

Immer nur du – Teil 1

Am Gassenkopf 8
D-64686 Lautertal
www.plaisirdamourbooks.com
info@plaisirdamourbooks.com

ISBN Taschenbuch: 978-3-86495-203-6
ISBN eBook: 978-3-86495-204-3

Sämtliche Personen in diesem Roman sind frei erfunden.

Vorwort

In irgendeiner Frauenzeitschrift stand einmal geschrieben, Männer und Frauen könnten nicht befreundet sein, weil sie sich früher oder später immer als potenzielle Sex- und Fortpflanzungspartner ansehen würden. Sozusagen ein von der Natur vorgegebener Code, dem man sich nicht entziehen könnte.

Ich hielt diese Behauptung die ganze Zeit für ausgemachten Schwachsinn, schließlich erbrachte ich schon fast mein ganzes Leben lang den Gegenbeweis für diese Theorie. Bis ich eines Tages einsehen musste, dass der Bericht durchaus der Wahrheit entsprach.

Der Grund für meinen Meinungsumschwung hieß Josh Whittaker. Dieser Kerl war seit über zwanzig Jahren mein bester Kumpel und mein Seelenverwandter. Wir teilten alles miteinander. Geheimnisse gab es zwischen uns nicht. Über diesen Punkt waren wir schon seit Langem hinaus. Er kannte sogar das Datum meiner ersten Periode, und dieses war ihm deswegen so gut im Gedächtnis geblieben, weil er damals für mich den Unterricht geschwänzt hatte, um mir eine Packung Tampons zu besorgen, während ich fassungslos und bitterlich heulend (ich war zu dem Zeitpunkt gerade mal zwölf Jahre alt und gar nicht darauf vorbereitet, schon so früh zur *Frau* zu werden) auf der Schultoilette saß.

Daher wäre ich niemals auf die Idee gekommen, mit ihm ins Bett zu steigen, um unsere einzigartige und bis dato strikt platonische Beziehung nicht durch etwas so profanes wie Sex zu ruinieren. Eher hätte ich mit einem stumpfen Messer Harakiri begangen oder mich während meiner Tage freiwillig in ein Haifischbecken geworfen.

Abgesehen von meinem Wunsch, meine Freundschaft zu Josh zu bewahren, gab es noch einen Grund, seine optischen Vorzüge zu ignorieren. Josh war kein Single mehr, sondern seit etlichen Monaten in festen Händen und schwer verknallt in eine superblonde und megablöde Stewardess namens Vanessa Larson. Ein Umstand, der mich zuerst nicht weiter gestört hatte, weil er davor in puncto Frauen nichts hatte anbrennen lassen. In seinem Leben gingen die Frauen ein und aus, doch keine konnte sein Herz gewinnen. Erst Vanessa gelang es, ihm völlig den Kopf zu verdrehen. Die immer stabiler und inniger werdende Beziehung zu Vanessa machte mich mit der Zeit sehr nachdenklich und schlussendlich – ich konnte es irgendwann nicht mehr vor mir selbst leugnen – eifersüchtig. Plötzlich war ich nicht mehr die Nummer Eins in Joshs Leben, das machte mir mehr aus, als ich mir anfangs eingestehen wollte, und als ich Vanessa mit der Zeit näher kennenlernte, war der Ofen ganz aus.

Vanessa … In meinen Augen ein intrigantes, übermäßig verwöhntes Biest und der Stachel in meinem Fleisch. Ich traute ihr nicht weiter, als ich sie werfen konnte, musste jedoch zugeben, dass sie ziemlich heiß aussah. Stets perfekt gestyltes Haar, eine schlanke, gut proportionierte Figur und unter Garantie operierte Möpse. Neben ihr sah sogar die amtierende Schönheitskönigin unserer Stadt aus wie ein unscheinbares Mauerblümchen. Leider konnte Vanessas Charakter nicht mit ihrer äußerlichen Perfektion mithalten, und dass Josh sein Herz an so ein eingebildetes Biest verloren hatte, machte mich schlicht und ergreifend *krank*.

Dinge ändern sich, Menschen ebenfalls. Auch meine Freundschaft zu Josh erlebte eine Metamorphose und ich beobachtete voller Sorge, wie er sich immer mehr von seiner neuen Freundin beeinflussen ließ. Es gelang mir einfach nicht, mich für ihn zu freuen. Ich wünschte ihm eine liebevolle Frau, ein paar süße Kinder und ein glückliches Leben. Niemand verdiente es mehr als Josh, doch ich erkannte leider viel zu spät, dass *ich* die Frau sein wollte, mit der er all das teilte.

Kapitel 1

„Popcorn, Chips, Schokoriegel …“

Während ich die Ausbeute aus meinen Schränken dokumentierte, packte ich alles auf ein Tablett und stellte es im Wohnzimmer auf dem niedrigen Holztisch vor meiner kuscheligen hellblauen Couch ab, die wunderbar zu den pastellblauen Tapeten passte, die ich gemeinsam mit Josh an die Wände tapeziert hatte. Danach richtete ich mich wieder auf, um in die Küche zurückzugehen und die Getränke zu holen. Auf dem Rückweg warf ich einen kurzen Blick auf die runde Uhr, die über dem Fernseher hing, und mein Herz schlug unwillkürlich schneller. Kurz vor zwanzig Uhr. Die Sonne war schon untergegangen und Josh würde jeden Moment an meine Tür klopfen.

Josh. Immer wenn ich an ihn dachte, erfasste mich wohliges Behagen. Ein bisschen so, als würde man nach einer langen Reise endlich wieder nach Hause kommen. Ein vertrautes Gefühl, im Grunde nichts Besonderes, es begleitete mich schon mein ganzes Leben lang. Nur fühlte es sich heute viel intensiver an als sonst, irgendwie verwirrend und anders. Vielleicht lag es daran, dass ich trotz meiner Freude, Josh nach fast zwei Wochen Abwesenheit wiederzusehen, ziemlich sauer auf ihn war. Er hatte eine KFZ-Messe in San Francisco besucht und war viel länger dort geblieben als ursprünglich geplant. Eigentlich wollte er drei Tage dort verbringen und nach seiner Rückkehr gemeinsam mit mir zum Campen fahren, um am Stausee von Sonoma Lake ein paar Tage auszuspannen. Für die meisten klang das sicher nicht sonderlich aufregend, doch ich hatte mich total darauf gefreut, ein paar Tage mit meinem besten Freund zu verbringen, ohne dass die halbe Stadt uns ins Visier nahm und jeden unserer Schritte beobachtete und analysierte.

Man hätte meinen können, nach so vielen Jahren wären wir daran gewöhnt, dass einige Leute in uns das nächste Traumpaar sahen, doch seit meine Freundin und Chefin Shannon uns auf Teufel-komm-raus verkuppeln wollte, gingen uns die gut gemeinten Ratschläge und die Bemerkungen total auf die Nerven. Josh störte sich noch mehr daran als ich, auch wenn er sich nicht groß dazu äußerte. Doch allein die Anspannung in seinen Gesichtszügen, wenn wieder mal ein zweideutiger Kommentar fiel, sagte alles über seine Einstellung dazu aus.

Wie auch immer. Mein Urlaub mit Josh war ins Wasser gefallen und meine Enttäuschung über die kurz angebundene Absage per SMS setzte mir immer noch zu. Andererseits brach Josh sicher nicht grundlos sein Wort und deswegen hatte ich mir vorgenommen, ihn nach seiner Ankunft nicht mit Vorwürfen zu bombardieren. Stattdessen würde ich mir in Ruhe anhören, was er mir zu sagen hatte, und sollte seine Erklärung mich besänftigen, dann würde ich ihm doch nicht jedes Brusthaar einzeln epilieren, was ich ihm mal im Scherz angedroht hatte, sollte er mich jemals enttäuschen.

Trotz meiner gegenwärtig widersprüchlichen Gefühle hatte ich ihn jeden einzelnen Tag fürchterlich vermisst und die Freude, ihn gleich wieder in die Arme schließen zu können, überlagerte zumindest im Moment meine Niedergeschlagenheit über den geplatzten Campingtrip. Schlussendlich musste ich seine Entscheidung akzeptieren, selbst wenn sie mir nicht gefiel, denn egal, wie nahe wir uns auch standen, wir waren kein Paar, sondern nur gute Freunde. Aber ohne Erklärung würde er mir nicht davonkommen.

Etwas besser gelaunt holte ich für mich eine Cola aus dem Kühlschrank und für ihn eine Dose Bier. Ich stellte die Getränke zu den anderen Sachen auf den Tisch und sah mich anschließend im Raum um. Ich hatte die Kekskrümel vom Vorabend vom Boden gesaugt, die unzähligen Zeitschriften, die sonst überall herumlagen, gestapelt und in der Holzkiste neben dem Bücherregal verschwinden lassen. Sogar die Kissen auf der Couch waren aufgeschüttelt und liebevoll drapiert, darüber hinaus hatte ich noch ein paar Blumen besorgt, die nun auf dem Esszimmertisch am Fenster standen und ein bisschen Farbe in mein Wohnzimmer brachten.

Pflanzen überlebten bei mir nur, wenn sie äußerst zäh und pflegeleicht waren und nicht viel Wasser benötigten. Aus diesem Grund besaß ich nicht sonderlich viele, und hätte sich Josh nicht hin und wieder erbarmt und sie gegossen, wären auch diese elendig verdorrt. So bekamen sie wenigstens ab und an ein bisschen Flüssigkeit.

Erneut sah ich zur Uhr. Es war mittlerweile nach zwanzig Uhr und von Josh noch keine Spur. Unsicherheit kroch in mir hoch. Ein Gefühl, das mir im Zusammenhang mit Josh völlig fremd war. Es war eine Mischung aus Besorgnis und Unbehagen, doch je weiter der Zeiger voranschritt, umso stärker ergriff es Besitz von mir, und das aus gutem Grund. Josh hasste Unpünktlichkeit und kam daher grundsätzlich etwas früher zu seinen Verabredungen, aber niemals zu spät. Ob er vielleicht gar nicht mehr auftauchte, weil er Schiss vor einer Standpauke hatte, nachdem er mich so hatte hängen lassen?

Nein! Josh ging niemandem aus dem Weg und trug seine Konflikte direkt mit den betreffenden Personen aus. Außerdem wusste er ganz genau, wenn er unseren Filmabend auch noch sausen ließ, würde es erst recht zu einem ernsthaften Krach kommen. Immerhin hatte diese wöchentliche Verabredung zwischen uns schon Tradition. Wir trafen uns bereits seit unserer Teenagerzeit jeden Mittwochabend und sahen uns gemeinsam einen Hollywoodstreifen unserer Wahl an.

Ein harmloses Vergnügen, mit dem wir uns die Zeit vertrieben, da in einer Stadt wie Harmonville für Jugendliche nicht viel geboten wurde.

Anfangs hielt sich die Begeisterung meiner Eltern über diese neue Freizeitbeschäftigung in Grenzen. Ich war fünfzehn und Josh hatte mit seinen siebzehn Jahren schon damals alles Kindliche hinter sich gelassen. Obwohl sie ihn liebten wie einen Sohn und ihm sogar mein Leben anvertraut hätten, galt das nicht für meine Jungfräulichkeit. Dabei hätten sie eigentlich am besten wissen müssen, dass Josh mich niemals dazu benutzt hätte, ein bisschen Spaß zu haben. Schließlich waren wir Tür an Tür zusammen aufgewachsen und er war bei uns ein- und ausgegangen, als würde er zur Familie gehören. Doch sobald es um Sex ging, spielten auch meine Eltern verrückt.

Zum Glück mussten wir uns darüber keine Gedanken mehr machen. Mit meinen mittlerweile dreiundzwanzig Jahren war ich längst selbstständig und wohnte in meinen eigenen vier Wänden. Ich arbeitete als Kellnerin in Shannon Casparys Restaurant und kümmerte mich nebenbei um ihre Buchhaltung, da man vom Bedienen allein keine allzu großen finanziellen Sprünge machen konnte. In meinem Beruf als Buchhalterin fand ich keine Stelle in Harmonville und ich wollte auf gar keinen Fall wegziehen und meine Familie und meine Freunde wegen einer lukrativeren Arbeit zurücklassen. So begnügte ich mich mit einer Tätigkeit, die weit unter meinen eigentlichen Qualifikationen stand. Doch wie hieß es so schön: Schließt sich eine Tür, öffnet sich eine andere. Bestimmt würde sich irgendwann eine berufliche Veränderung für mich ergeben, und bis dahin gab ich mich mit der aktuellen Lage zufrieden und machte das Beste daraus.

Ein erlösendes Klopfen holte mich aus meinen Gedanken. Gleich darauf hörte ich Joshs gedämpfte Stimme durch die Tür. „Hey, ich bin es. Lässt du mich rein?“

Zwar hatte ich mir vorgenommen, ihn ein wenig zappeln zu lassen, doch sobald ich ihn hörte, hielten mich nicht mal meine eigenen Vorsätze an Ort und Stelle. Ich rannte zur Tür und riss sie auf.

„Da bist du ja endlich“, begrüßte ich ihn und legte den Kopf in den Nacken, um ihn anzusehen. Er war so verdammt groß, neben ihm kam ich mir immer vor wie ein Zwerg.

Obwohl das warme Glimmen in seinen hellgrünen Augen pure Wiedersehensfreude widerspiegelte, spürte ich eine gewisse Zurückhaltung bei ihm.

„Was ist, warum siehst du mich so komisch an?“, fragte ich geradeheraus.

Er räusperte sich und fuhr sich durchs mokkabraune Haar, ehe er mich leicht abschätzend ansah.

„Ich wundere mich nur ein bisschen über die freundliche Begrüßung. Eigentlich habe ich damit gerechnet, dass du mich vor der Tür stehen lässt oder mit einem Tritt auf die Straße beförderst“, sagte er schließlich und sah aus, als fühlte er sich nicht sonderlich wohl in seiner Haut. Seine verhaltene Reaktion erinnerte mich daran, dass ich immer noch dezent sauer auf ihn war.

„Verdient hättest du es“, erwiderte ich ziemlich von oben herab.

Er seufzte. „Du bist also doch wütend“, stellte er fest.

„Klar bin ich das! Wir wollten campen gehen, schon vergessen? Und dann bekomme ich eine lächerliche SMS mit einer Absage und du hast mir noch nicht mal den Grund dafür geschrieben. Ich hab mich auf die Tour gefreut, Josh. Und ich weiß, dass es bei dir genauso war. Was kann denn so wichtig sein, dass du mich so hängen lässt?“

„Lässt du mich erst mal rein?“

Der Zerknirschung in seinem Blick konnte ich nicht widerstehen und so trat ich beiseite, um ihn vorbeizulassen. Nur wenige Sekunden später stand er in meinem Wohnzimmer und schien immer noch nicht so recht zu wissen, wie er mit mir umgehen sollte. Nun tat es mir leid, dass ich ihn so angefahren hatte, und meine kurzzeitig wiederbelebte Wut verpuffte. Obwohl ich darauf brannte, die Gründe für seinen verlängerten Trip nach San Francisco zu erfahren, wollte ich keine komische Stimmung zwischen uns aufkommen lassen und deutete auf seine leeren Hände. „Hast du die Filme nicht dabei?"

Falls ihn mein abrupter Themenwechsel überraschte, ließ er sich das nicht anmerken. „Sie liegen noch im Wagen. Ich war mir nicht sicher, ob wir sie überhaupt brauchen."

Ich verschränkte die Arme vor der Brust und legte den Kopf zur Seite. „Weißt du, nach deiner SMS wollte ich dich eigentlich vor meiner Tür verrotten lassen, sobald du hier aufkreuzt, aber du bist nun mal mein bester Freund und egal, wie sauer ich auf dich bin, unseren Filmabend würde ich niemals sausen lassen."

Ein amüsiertes Lächeln glitt über seine Lippen. „Dann hab ich also Narrenfreiheit, solange ich brav jeden Mittwochabend auf deiner Couch sitze?"

Böse funkelte ich ihn an und verkürzte den Abstand zwischen uns auf knappe zwanzig Zentimeter. Mit dem Zeigefinger stach ich ihm in die Brust.

„Übertreib es nicht, Joshua Whittaker. Ich bin immer noch stinksauer, weil ich meine freien Tage allein verbringen musste."

Um das zu untermauern, bedachte ich ihn mit meinem vorwurfvollsten Blick, den ich allerdings nicht lange aufrechterhalten konnte, denn Josh nahm die Sache buchstäblich in seine eigenen Hände und packte mich um die Taille. Mit seinem typisch draufgängerischen Lächeln zog er mich an sich.

„Komm schon, sag, dass du mir verzeihst. Ich hatte einen wirklich guten Grund dafür, aber ich wollte dir nichts erzählen, bevor ich nicht sicher war, ob was daraus wird.“

„Aha …“, war meine etwas einsilbige Reaktion darauf. Mir schwante Böses. Wenn sich Kerle so verhielten, wie er es getan hatte, dann hing das meist mit einer Frau zusammen. Und wenn ich das plötzliche Aufleuchten in seinem Blick genauer analysierte, dann war ich mir sogar sicher, dass er jemanden kennengelernt hatte. Jemanden, der ihm genug bedeutete, um *mir* eine Abfuhr zu erteilen. Es hätte mich nicht weiter stören sollen. Josh war eben ein Mann und das Bedürfnis nach Sex war auch bei ihm nicht weniger stark ausgeprägt als bei anderen Vertretern seines Geschlechts. Nur dass ich diesen Teil seines Lebens lieber ausblendete. Ich war nicht scharf darauf, mich gedanklich mit dem Ausleben seiner Sexualität zu befassen, weil mich dabei immer ein undefinierbares Gefühl beschlich, das ich auf gar keinen Fall näher ergründen wollte.

„Hast du jemanden kennengelernt?“, fragte ich nach kurzem Schweigen. „Ist das der Grund, wieso du unseren Trip abgesagt hast?“

Ich musste unbedingt wissen, ob meine Vermutung stimmte, und das Strahlen auf seinem Gesicht machte eine Antwort eigentlich überflüssig. Er sah aus, als hätte er den Jackpot in der Lotterie geknackt.

„Ich habe tatsächlich jemanden kennengelernt. Auf dem Flug nach San Francisco. Sie war eine der Stewardessen und ich schwöre dir, sie ist das anbetungswürdigste Geschöpf, das mir je begegnet ist. Sie ist …“, er rang nach Worten, „… unglaublich. Sexy, intelligent, ich bin verrückt nach ihr.“

Mussten Männer immer so maßlos übertreiben? Umgehend baute sich spontane Antipathie gegen diese Fremde in mir auf, dabei war diese Empfindung nicht wirklich nachvollziehbar. Josh schleppte ständig scharfe Miezen ab, doch dieser Besitzanspruch, den ich ihm gegenüber auf einmal verspürte, wunderte mich sehr. Bis jetzt hatte ich seine Affären immer mit einer gewissen Nachsicht zur Kenntnis genommen und ihm höchstens geraten, es niemals ohne Gummi zu machen, damit er sich keinen Tripper oder Sonstiges einfing. Warum also störte es mich jetzt so sehr?

Wieso? Für die anderen Frauen hat er noch nie eine Verabredung mit dir abgesagt, flüsterte eine fiese kleine Stimme in mir.

Genau *das* war der alles entscheidende Unterschied. Sie brachte ihn dazu, mich an die zweite Stelle zu setzen, und obwohl mir immer klar gewesen war, dass dieser Tag irgendwann kommen würde, traf mich die Realität völlig unvorbereitet. Ich hatte schlicht und ergreifend Angst, meinen besten Freund teilen zu müssen oder ihn gar ganz zu verlieren.

Während ich stumm zu ihm aufsah und gegen die lähmende Furcht in mir ankämpfte, ließ Josh meine Taille los und nahm mich an der Hand. Sie fühlte sich heiß an und der unerwartet prickelnde Strom, der meinen Arm entlanglief, verstörte mich vollends. Solche Gefühle kannte ich nicht. Nicht bei Josh. So eine Reaktion hätte ich eher bei einer Berührung von meinem Schwarm Kyle Harmon erwartet, aber doch nicht bei meinem besten Freund! Schockiert über die Fülle der Empfindungen, die innerhalb von wenigen Sekunden auf mich einstürmten, konnte ich nichts tun außer dazustehen und ihm die Führung zu überlassen.

Josh merkte gar nicht, was gerade in mir vor sich ging, und zog mich zur Couch. „Komm, ich erzähl dir alles."

Wir setzten uns. Tief atmete ich durch, darum bemüht, meine Verwirrung in den Griff zu bekommen. Mir war nicht ganz klar, was für merkwürdige Dinge da gerade in mir vor sich gingen, aber ich war wild entschlossen, ihnen einen Riegel vorzuschieben, ehe das Ganze außer Kontrolle geriet. Und zwar jetzt!

„Okay, dann lass mal ein paar Details hören", meinte ich aufmunternd. Ehrlich, ich hätte einen Oscar für herausragende schauspielerische Leistungen verdient. Nach außen hin gab ich mich fröhlich, sicher klang ich auch so, doch es fiel mir wahnsinnig schwer, diese Maske aufrechtzuerhalten und ihn zu täuschen. Doch es gelang mir. Josh lächelte mich an, ganz im Vertrauen darauf, dass ich mich für ihn freute. Immer wenn er seine Lippen zu diesem charmanten Grinsen verzog, kam ein kleines Grübchen in seinem Kinn zum Vorschein. Nüchtern dachte ich daran, dass es wohl Dutzende Frauen gab, die mich wahnsinnig um meine Freundschaft zu Josh beneideten und die nicht verstehen konnten, wie ich so eine enge Bindung zu ihm pflegen konnte, ohne den Wunsch zu verspüren, ihm die Klamotten vom Leib zu reißen. Sie sahen nur sein Äußeres, sein schönes Gesicht, den vom Schwimmen und Laufen gestählten Körper, aber sie blickten nicht hinter die Hülle, denn da lag noch so viel mehr verborgen. Josh war ehrlich, beschützend, immer für einen da, wenn man ihn brauchte.

Er lehnte sich gegen die Couch, den Blick verklärt zur Wand gerichtet.

„Ihr Name ist Vanessa", fing er an und ich schwöre, der schwärmerische Tonfall, mit dem er ihren Namen aussprach, löste dringenden Brechreiz in mir aus. Nur widerwillig hörte ich ihm weiter zu.

„Zwischen uns hat es sofort gefunkt. Glaub mir, wir hätten allein mit unseren Blicken die Tragflächen des Fliegers in Brand setzen können. Leider musste sie nach der Landung direkt zurück nach Santa Rosa fliegen, doch wir haben unsere Handynummern ausgetauscht und noch am selben Abend stundenlang miteinander telefoniert." Er sah kurz zu mir rüber. „Irgendjemand da oben", er deutete mit dem Finger himmelwärts, „muss mich ziemlich gern haben, denn es hat sich rausgestellt, dass es ihr letzter Flug vor ihrem Urlaub war. Am nächsten Abend hat jemand an mein Hotelzimmer geklopft. Ich dachte zuerst, es wäre der Zimmerservice, doch als ich öffnete …"

„… stand sie vor deiner Tür", beendete ich seinen Satz.

Sein vielsagendes Lächeln war ziemlich aussagekräftig, ebenso das anzügliche Lächeln, das sich nun auf seinem Gesicht ausbreitete. Ich konnte mir schon ausmalen, wie es danach weitergangen war, und offensichtlich stellte sie seine früheren Freundinnen in sexueller Hinsicht bei Weitem in den Schatten, wenn ich sein leicht dümmliches Grinsen richtig deutete.

Ich hasste sie jetzt schon. Vanessa war also nicht nur sehr schön, sondern auch eine Granate im Bett. Darüber hinaus auch mutig. Ich hätte niemals die Unerschrockenheit aufgebracht, einfach an die Tür von Kyle Harmon zu klopfen, der für mich den Inbegriff männlicher Perfektion darstellte. Wahrscheinlich hätte Kyle mir nur freundschaftlich auf die Schulter geklopft und mich dann meiner Wege geschickt.

Josh fuhr mit seinen Erzählungen fort.

„Wir haben die Nacht zusammen verbracht und danach war für uns beide klar, dass wir zusammenbleiben wollen. Deswegen auch die Absage." Josh griff nach meiner Hand und sah mich reuevoll an. „Kelly, ich wollte dich nicht vor den Kopf stoßen, aber es ging alles so schnell und ich konnte kaum noch klar denken. Ich befand mich in einer Art Rausch und wollte jede Sekunde davon auskosten. Vanessa hat nur selten frei und ist ständig unterwegs. Wir werden nur wenig Zeit zusammen verbringen können und ich wollte wenigstens diese Tage nutzen, um sie besser kennenzulernen."

Er wirkte so glücklich. Seufzend sah ich ihn an. „Ist schon gut. Sie scheint ja was Besonderes zu sein und ich weiß ja, dass du mich niemals absichtlich enttäuschen würdest."

„Dann ist alles gut zwischen uns? Du bist meine beste Freundin, ich will nicht, dass etwas zwischen uns steht."

Dafür ist es längst zu spät, dachte ich, sprach es aber nicht aus. Wie sollte ich ihm meine Angst, irgendwann nur noch eine untergeordnete Rolle in seinem Leben zu spielen, nur begreiflich machen, ohne ihm die Freude zu verderben? Unmöglich. Stattdessen richtete ich mich ein wenig auf. Wer wusste schon, wie sich alles entwickeln würde. Als Stewardess war sie andauernd weg und die Sache zwischen Josh und ihr würde sich wahrscheinlich von allein erledigen.

„Hör auf, dich zu entschuldigen, und leg lieber den Film ein", erklärte ich burschikos und klammerte meine Sorgen bewusst aus.

„Ganz sicher? Du verstehst also, warum ich dir abgesagt habe?"

Mann, er war heute verdammt hartnäckig. Konnte er es nicht einfach gut sein lassen?

„Das hab ich doch eben gesagt. Mach dir keinen Kopf."

Ich versuchte, eine gleichmütige Miene aufzusetzen, und sah ihm ins Gesicht. Immer wenn er die Stirn so wie jetzt in Falten legte, bildete sich über dem Nasenrücken eine kleine Kerbe, die aussah wie ein schmales Dreieck. Es juckte mich in den Fingerspitzen über die Unebenheit zu streichen und anschließend die glatt rasierte Haut seiner Wange entlangzufahren, bis hinunter zu seinem Mund …

Blinzelnd griff ich mir die Coladose, riss die Lasche auf und trank einen Schluck, während ich gegen den Wunsch ankämpfte, seine Lippen einer genaueren Prüfung zu unterziehen. Am besten durch meine eigenen …

Noch nie zuvor hatte ich diesen verwirrenden Impuls verspürt, ihn auf *diese* Weise berühren zu wollen. Es gab in körperlicher Hinsicht eine ganz klare Grenze zwischen uns, die ich wirklich niemals überschreiten wollte. Es existierte nun mal kein zweiter Josh, der mich trösten und auffangen konnte, wenn alles schiefging. Er vereinte alles Wichtige in einer Person. Ich mochte und respektierte seine Geradlinigkeit und seinen fast schon archaischen Instinkt, mich vor allem und jedem beschützen zu wollen. Ich *liebte* seinen Humor. Wir konnten wirklich über jeden Scheiß lachen, egal, wie sinnlos und dämlich es anderen erschien. Unser Verständnis füreinander befand sich einfach auf einer Wellenlänge, sodass keine Langeweile aufkommen konnte, wenn wir zusammen Zeit verbrachten.

Nur eines konnte und wollte ich nicht zulassen: Josh als potenziellen Liebhaber sehen. Deswegen verwirrte und erschreckte mich dieser plötzlich aufflackernde Wunsch nach mehr körperlicher Nähe, und ich schob diesen Impuls auf meine chronisch untervögelte Lebenssituation.

„Dann hol ich mal die Filme aus dem Wagen."

Seine Ankündigung kam gerade zur rechten Zeit. Ich nickte automatisch und sah ihm nach, als er das Wohnzimmer verließ. Sobald er wieder da war, breitete er die Filme auf dem Tisch aus.

„*Transformers,* die Schnulze mit Keanu Reeves und Charlize Theron oder doch lieber *Das Schicksal ist ein mieser Verräter?*"

Ich mochte Actionfilme nicht sonderlich, aber die anderen beiden klangen nach einer Menge Drama und einem frustrierenden Ende. So brachte mich Joshs Frage nach dem Film meiner Wahl in arge Bedrängnis. Leider machte mich keiner der mitgebrachten Streifen besonders an. „Hm, keine Ahnung, was willst du denn sehen?“

Er hob die breiten Schultern unter dem Shirt. „Unwichtig. Ich habe beim letzten Mal den Film ausgesucht. Jetzt bist *du* an der Reihe.“

„Okay, dann würde ich sagen, wir sehen uns *Transformers* an.“

Sofort schoss seine Augenbraue nach oben. „Seit wann schaust du dir freiwillig einen Actionstreifen an?“

„Keine Ahnung, muss denn immer alles einen Grund haben? Mir ist eben nicht nach romantisch-dramatischen Liebesromanzen. Das zieht mich nur runter. Schließlich können nicht alle im siebten Himmel schweben, so wie du.“

Er hob die Hände in die Höhe. „Okay, steck das Messer weg, es war nur eine Frage. Dann sehen wir uns eben *Transformers* an.“

War er jetzt beleidigt? Immerhin hatte ich ihn eben ziemlich knapp abgekanzelt, doch er sagte nichts weiter und schnappte sich den Film. „Ich leg ihn mal ein.“

Josh lief zum Fernseher und ging in die Hocke, um die Disk in den Rekorder zu legen. Dabei fiel mir auf, wie sich die Jeans über seinem Hintern spannte, und mir schoss brennende Hitze ins Gesicht. Schnell fächelte ich mir mit der Hand etwas Luft zu, in der Hoffnung, das Glühen auf meiner Haut damit zu mildern. Oh Gott, das ging jetzt aber wirklich zu weit. Was zur Hölle war denn auf einmal mit mir los? Dass Josh einen ansehnlichen Knackarsch besaß, war ja nichts Neues für mich. Um mich von meiner eigenen, ziemlich irritierenden Reaktion abzulenken, starrte ich auf seinen Nacken. Nacken war gut, ungefährlich, harmlos.

Sein dunkles Haar berührte hinten fast den Kragen seines T-Shirts und hätte einen neuen Schnitt vertragen können. Dabei war ich mir durchaus darüber im Klaren, dass die meisten Frauen sein leicht ungezügeltes Äußeres verdammt anziehend fanden. Seine abgewetzten Jeans, die lässigen Harley-Davidson-Shirts, die er meistens trug, und um den Eindruck noch komplett abzurunden, wanden sich tätowierte Ornamente um seinen gesamten rechten Arm. Doch es war nicht sein gutes Aussehen, das ihn für mich so wertvoll machte. Ich liebte ihn auf eine Weise, die ich nur schwer in Worte fassen konnte und diese Zuneigung wurde von ihm auf die gleiche Weise erwidert. Schon seit wir uns als Kinder das erste Mal begegnet waren. Ein Band wie das unsere würde niemals reißen. Es sei denn, ich tat etwas unaussprechlich Dummes und fing an, mehr in ihm zu sehen. Ich verdrängte diesen Gedanken und beschwor geistig sofort Kyle Harmons schönes Gesicht herauf, um festzustellen, ob er mich immer noch heißmachen konnte. Zu meiner grenzenlosen Erleichterung empfand ich sofort prickelnde Aufregung und Sehnsucht. Glück gehabt. Alles war beim Alten, nichts hatte sich verändert, erst recht nicht zwischen mir und Josh.

Er kam zu mir zurück und setzte sich neben mich auf die Couch. Die Fernbedienung in der einen Hand griff er nach der Chipsschüssel und stellte sie zwischen uns. Irgendwie war ich ganz froh über diese Grenze, selbst wenn sie nur aus einer Plastikschale voller Junkfood bestand.

Ich wartete darauf, dass er endlich einschaltete, musste jedoch feststellen, dass er mich irritierend lange musterte. Seine hellgrünen Augen bohrten sich erbarmungslos in meine, bis ich es nicht mehr aushielt.

„Du weißt ganz genau, dass ich es nicht leiden kann, wenn du mich anstarrst und dann nichts sagst."

Joshs wurde unerwartet ernst. „Sorry, aber ich mach mir eben Sorgen um dich und ich kauf dir ehrlich gesagt nicht ab, dass alles in Ordnung ist. Sonst hättest du mich vorhin nicht so angeschnauzt."

Manchmal fand ich es schon lästig, dass er mich so verdammt lange kannte und mir schon am Gesichtsausdruck meine Stimmung ansah. Josh und ich waren praktisch miteinander aufgewachsen. Als er als Dreijähriger nach dem tragischen Unfalltod seiner Eltern von seiner Großtante Liz aufgenommen wurde, wohnte sie direkt neben dem Haus meiner Eltern, die gemeinsam die Apotheke hier in Harmonville betrieben. Außer Liz war niemand aus seiner Verwandtschaft bereit, sich mit einem traumatisierten Kleinkind zu belasten, das von heute auf Morgen die Bezugspersonen verloren hatte. Ich selbst war gerade ein Jahr alt und nahm ihn damals noch nicht wahr. Das änderte sich jedoch, als ich drei wurde und meine Mom wieder halbtags in Dads Apotheke aushalf. Liz übernahm nachmittags meine Betreuung und von da an wurde er mit seinen gerade mal fünf Jahren zu meinem Beschützer und zu meinem engsten Vertrauten. Es wunderte mich also nicht, dass er sofort nachhakte, wenn ich mich nicht so verhielt, wie er es von mir gewohnt war.

„Es ist nichts", wiegelte ich ab. Kurz überlegte ich, ob ich ihm weismachen sollte, ich wäre unglücklich wegen Kyle, doch ich wollte Josh nicht anlügen. Kyle Harmon hatte mit meiner gegenwärtig schlechten Stimmung nichts zu tun und ich wollte ihn nicht als Ausrede benutzen, nur um meine Eifersucht auf Vanessa zu verschleiern.

Ich klaute mir die Fernbedienung und schaltete den Fernseher ein. „Lass uns endlich den Film ansehen. Mit mir ist alles in Ordnung."

Er wusste, dass ich log, doch er kannte mich zu gut, um mich noch weiter zu löchern.

Der Vorspann lief an. Josh zog mich an seine Seite und legte mir seinen rechten Arm um die Schultern. So an ihn gekuschelt konnte ich mir einbilden, dass alles beim Alten war, doch tief in mir drin ahnte ich, dass die nächsten Monate einige Veränderungen mit sich bringen würden.

Kapitel 2

Acht Monate später

„Sieh mal, Kyle Harmon hat schon wieder eine Neue.“

Shannon Casparys spöttische Bemerkung lenkte meine Aufmerksamkeit Richtung Fenster und tatsächlich entdeckte ich *meinen* Kyle, und zwar in Begleitung einer aufregenden Blondine. Sofort senkten sich meine Mundwinkel, denn natürlich war seine neueste Flamme eine absolute Sexbombe. Sie füllte nicht nur ihr Oberteil hübsch aus, sie besaß auch noch endlos lange Beine, die in hautengen Jeans steckten. Sie war genau der Typ Frau, mit dem er sich für gewöhnlich umgab und dem ich in keinster Weise ähnelte. Meine Chancen, jemals sein Interesse zu wecken, tendierten immer mehr gen null.

Er schlenderte mit ihr über die Hauptstraße von Harmonville, einer typischen amerikanischen Kleinstadt, deren Straßennetz im Schachbrettsystem aufgebaut war. Unser biederes Kleinstadtparadies war nach unserem Tal benannt. Das liebliche Harmon Valley am Fuße eines fruchtbaren Weinberges, mitten im sonnigen Kalifornien. Quasi das *Falcon Crest* der Mittelklasse.

Unsere kleine Stadt war ein beschaulicher Ort, in dem allgemein nicht viel passierte. Hier gab es ein paar Restaurants, eine Confiserie, zwei Bars und ungefähr fünf Kirchen, um den unterschiedlichen Konfessionen Genüge zu tun. Das öffentliche Leben verlief dementsprechend harmonisch, es gab sogar den obligatorischen fettleibigen Sheriff mit einem etwas dümmlichen Deputy. Beides keine Intelligenzbestien, doch bei dem Mangel an Kriminalität hier in der Gegend war ein besonderes Talent im Aufspüren von Verbrechern auch nicht nötig. Harmonville fehlte es an aufregenden Vorkommnissen, sodass nur die amourösen Eskapaden von Kyle Harmon den Klatschmäulern eine Daseinsberechtigung lieferten.

Gemächlich schlenderte er weiter, während sie mit einem albernen Grinsen zu ihm aufsah. Jetzt blieb er mitten auf der Straße stehen, um ihr einen heißen Kuss auf die Lippen zu drücken. Es interessierte ihn nicht, dass er fast den Straßenverkehr zum Erliegen brachte, weil die Fußgängerampel schon längst rot blinkte und die Fahrer aus beiden Richtungen bremsen mussten. Aber so war er eben. Kyle Harmon, der ungekrönte Prinz dieser Stadt, der machte, *was* er wollte, *wann* er es wollte und vor allem, mit *wem* er es wollte.

Dieses *wem* besaß die übliche blonde Lockenpracht und lächelte so zuckersüß, dass mir schon vom Zuschauen schlecht wurde. Vermutlich hatte Kyle sie bei einer seiner Partytouren in Santa Rosa aufgegabelt und sie über Nacht zu sich mitgenommen. Er musste mittlerweile außerhalb des Ortes *wildern*, denn in Harmonville gab es kaum noch eine Blondine, die seinen Ansprüchen genügte und die er noch nicht flachgelegt hatte. Dabei blieb er seinem allseits bekannten Grundsatz *Nur eine blonde Frau ist eine gute Frau* treu und ich schaute in die Röhre.

Meine Hoffnung, er würde sich aufgrund mangelnder Auswahl auch mal unter den Brünetten umsehen – also bei mir, um genau zu sein – hatte sich leider bis jetzt nicht erfüllt, und eigentlich wusste ich ganz genau, dass er mir durch seine Ignoranz eine Menge Kummer ersparte. Doch es fiel mir schwer, mir einzugestehen, dass Kyle niemals der richtige Mann für mich sein konnte.

Seit Josh in einer festen Beziehung steckte, klammerte ich mich noch mehr an meine Träume von einem Happy End mit Kyle und je weiter sich diese Fantasien von der Realität entfernten, umso mehr versuchte ich, sie aufrechtzuerhalten.

Während ich in völligem Stillstand erstarrte, drehte sich das Leben um mich herum erbarmungslos weiter. Vor allem bei Josh, der plante seine Zukunft mit erschreckender Effizienz. Er hatte noch jemanden in Teilzeit eingestellt, damit er während der Besuche von Vanessa ausreichend Zeit für sie erübrigen konnte. Nebenbei betrieb er noch einen Internetshop für KFZ-Ersatzteile, der ziemlich gut lief, genau wie seine Beziehung.

Seit acht Monaten waren er und Vanessa nun ein Paar und es sah ganz danach aus, als würde er es zum ersten Mal im Leben richtig ernst mit einer Frau meinen. Das löste eine Kette von unangenehmen Gefühlsregungen in mir aus. Ich hasste es, sie gemeinsam zu sehen. Jedes Mal bildete sich ein dicker Kloß in meiner Kehle, der mich würgte, bis ich glaubte, daran ersticken zu müssen, denn es war nur eine Frage der Zeit, bis sie ihn mir ganz wegnehmen würde. Sie hatte bereits angedeutet, dass sie die enge Bindung zwischen mir und Josh nicht dauerhaft tolerieren würde. Ich fürchtete den Tag, an dem sie ihren Wohnsitz in Santa Rosa aufgab und zu ihm zog. Wenn er Vanessa Tag und Nacht um sich hätte, wäre dann noch Platz für mich in Joshs Leben?

Automatisch sah ich wieder zu Kyle und flehte um ein Wunder, das ihn in meine Arme trieb und mich vor der drohenden Einsamkeit bewahrte. Ich wollte nicht als einsames Mauerblümchen enden, während alle anderen glücklich und zufrieden ihr Märchen lebten.

„Schau ihn dir an“, lästerte Shannon unterdessen weiter und beobachtete Kyle aus zusammengekniffenen Augen durch die Fensterscheibe. Es war unübersehbar, dass sie ihn auf den Tod nicht leiden konnte. „Er benimmt sich wie ein eitler Gockel und merkt gar nicht, wie lächerlich er sich damit macht.“

Sofort hatte ich das Bedürfnis, ihn zu verteidigen. „Musst du ihn immer so schlecht machen?“

Ich drehte mich noch während des Sprechens zu ihr um und warf ihr einen strafenden Blick zu, den sie ohne mit der Wimper zu zucken erwiderte.

„Na und? Erstens hört er es nicht und zweitens ist er doch selber schuld daran, dass ich über ihn herziehe.“

Es war kein Geheimnis, dass sich Shannon schon seit Jahren einen erbitterten Kleinkrieg mit Kyle lieferte. Den Anfang nahm diese legendäre Feindschaft bereits in der Schulzeit. Die selbstbewusste und zielorientierte Shannon konnte einfach nicht verstehen, wieso alle Mädchen auf diesen leichtlebigen Frauenhelden abfuhren, und Kyle, eitel, wie er nun mal war, konnte den Gedanken nicht ertragen, dass auf dieser Erde ein weibliches Wesen wandelte, das *nicht* in ihn verschossen war. Sie machte sich öffentlich über seine wechselnden Frauenbekanntschaften lustig und da die meisten seiner Freundinnen kaum intelligenter waren als die Frühstückseier, die sie jeden Morgen in die Pfanne schlug, war das auch nicht sonderlich schwer.

Im Gegensatz zu ihr konnte ich ihre Belustigung über seine Liebschaften nicht teilen. Ich fand es ganz und gar nicht komisch, ihn ständig in Begleitung von Blondinen zu sehen, die *Fackeln im Sturm* für eine Dokumentation über den amerikanischen Bürgerkrieg hielten. Hatte er die Haarfarbe denn nicht endlich mal satt? Brünette waren doch auch nicht übel, und wenn ich mich in Schale warf, konnte ich so ziemlich jede Blondine im Umkreis von hundert Meilen ausstechen.

Sehnsüchtig beobachtete ihn weiter durch die Scheibe und seufzte tonlos, weil ich ihn wirklich scharf fand und meine Schwärmerei auf so wenig Gegenliebe stieß. Natürlich war ich besser dran, wenn er mich weiter ignorierte und sich seinen Blondinen widmete. Kyle Harmon konnte nicht treu sein. Keiner Frau. Das musste ich mir immer und immer wieder ins Gedächtnis rufen und mein Kopf hatte es auch schon längst verstanden. Jetzt musste ich nur noch mein Herz davon überzeugen, doch das gestaltete sich nicht ganz so einfach.

Meine Augen klebten an seiner Gestalt. Groß, schlank, mit Muskeln an den richtigen Stellen, wobei ich mich hin und wieder fragte, wann er bei all den Weibergeschichten noch Zeit für sein Work-out fand. Da Josh ebenfalls einen gestählten Sportlerbody besaß und ich ihm oft beim Training half, indem ich ihn motivierte oder ihm einfach nur die Wasserflasche reichte, damit er nicht dehydrierte, wusste ich ganz genau, dass man einen solchen Körper nur in Form halten konnte, wenn man sich alles abverlangte. Auch Kyle musste enormen zeitlichen Aufwand betreiben, um *so* auszusehen. Sogar in Jeans und T-Shirt versprühte er glamourösen Sexappeal und dank seines übermächtigen Daddys verfügte er darüber hinaus über ein pralles Bankkonto. Ein Umstand, der auch nicht unbedingt abstoßend auf Frauen wirkte.

Als er nun mit seiner Blondine die Straße überquerte, wurde mir ganz schlecht. Das Restaurant würde in ein paar Minuten offiziell öffnen und es konnte durchaus sein, dass er nach einer leidenschaftlichen Nacht Blondie ein Frühstück spendierte.

Oh Gott, lass ihn bitte nicht hier reinkommen, nicht mit dieser Frau!

Ich wollte meinen Job gerne noch eine Weile behalten und so, wie ich im Moment drauf war, konnte ich nicht sicherstellen, dass mir nicht eine Tasse mit brühend heißem Kaffee aus der Hand fiel, und zwar direkt in ihren Schoß.

Gesicht wäre auch gut, schoss es mir durch den Kopf, als diese Tussi übertrieben strahlend zu ihm hochlächelte. Ihre weißen Zähne blitzten und blinkten und sahen aus, als hätte man sie an einer Schnur aufgereiht. Obwohl ich selbst über ein naturgesundes und weißes Gebiss verfügte, beschloss ich spontan, dass mir ein Bleeching nicht schaden würde.

Es war so unfair! Warum war ich nicht mit blonden Haaren auf die Welt gekommen? Dann wäre er ganz bestimmt mit mir ausgegangen. Doch zu meinem Leidwesen kam ich ganz nach meiner Mutter. Von ihr hatte ich die hellbraunen Locken geerbt, die dunkelgrauen Augen von meinem Vater. Die fand ich eigentlich ganz hübsch. Josh auch, er meinte, sie hätten die Farbe des Himmels, kurz bevor ein Gewitter losbricht. Rauchig, geheimnisvoll und voller sprühender Funken. Als sonderlich romantisch konnte man ihn wirklich nicht bezeichnen, und wenn meine Augen sogar ihn zu so romantischen Ergüssen animierten, mussten sie wohl was Besonderes sein.

Kyle beugte sich nun zu seinem Sexdate – mehr konnte sie in meinen Augen für ihn nicht sein – hinunter. Seine Lippen streiften ihre Wange und meine Finger krampften sich automatisch um den Lappen, den ich zwischen meinen Händen hielt und mit dem ich eigentlich die Tische abwischen sollte. Was er ihr wohl gerade zuflüsterte? Vermutlich ein Kompliment. Die verteilte er wie Bonbons und zumindest in dem Punkt war es ihm egal, ob er die Schmeicheleien einer Blondine, einer Brünetten oder einer Rothaarigen zuteilwerden ließ. Er hofierte alle Frauen, die er traf. *Darin* war er wirklich ein Experte.

Mir entwich ein leiser Seufzer. Shannon hörte ihn trotzdem und verdrehte die Augen, wie ich mit einem schnellen Blick in ihre Richtung feststellte. Meine Schwärmerei für Kyle ging ihr gewaltig gegen den Strich. Sie hatte es sich zur Aufgabe gemacht, jeden in ihrem Umkreis mit dem perfekten Partner zusammenzubringen. In meinem Fall hieß dieser Mr. Right Josh Whittaker und ich musste zugeben, dass in Harmonville niemand erfolgreicher und effektiver Amor spielte als Shannon. Ihre Erfolgsquote war erschreckend hoch und so manche von den Alten flüsterten hinter vorgehaltener Hand, sie sei eine Hexe, die in ihrer Küche Verschwörungsformeln murmelte und den Leuten irgendwelche Kräuter ins Essen mischte.

An faulen Zauber glaubte ich nicht. Ich vermutete eher, dass Shannon einfach eine gute Beobachtungsgabe besaß und merkte, wann sich zwei Menschen mit besonderem Interesse betrachteten. Nur was Josh und mich anging, interpretierte sie das falsch. Wir liebten einander wie Bruder und Schwester. Mehr steckte da nicht dahinter, was sie aber nicht wahrhaben wollte. Stattdessen versuchte sie, uns mit pathetischen Sätzen vom Gegenteil zu überzeugen. Wir wären füreinander geschaffen, flötete sie übertrieben salbungsvoll, zwei Herzen, die im Gleichklang schlugen. Jedes Mal wenn sie mit dem Blödsinn anfing, kam ich mir vor wie die Protagonistin in einem vor Schmalz triefenden Barbara-Cartland-Roman.

Da wir ohnehin nichts dagegen unternehmen konnten, ohne Shannon vor den Kopf zu stoßen – und das wollten weder Josh noch ich, weil wir sie trotz alledem sehr gern hatten – trugen wir es mit Fassung und ließen sie reden, auch wenn ich hin und wieder ein flaues Gefühl deswegen verspürte, weil sie so eine Hartnäckigkeit an den Tag legte. Auch der Umstand, dass sie bisher immer ins Schwarze getroffen hatte, wenn sie ein neues Paar anvisierte, machte mich öfter nachdenklich. Doch meist schob ich den Gedanken daran weit weg.

„Wie viel Zeit willst du eigentlich noch an Kyle verschwenden?“, fragte sie mich in diesem Moment.

Ich drehte mich zu ihr um, zog die Augen zu schmalen Schlitzen zusammen und wartete ab, was als Nächstes kommen würde. Lange musste ich nicht warten.

„Sieh ihn doch an. Das ist schon die zweite Blondine diese Woche. Der Kerl ist eine männliche Schlampe, der wird nie einer Frau treu sein."

Das wusste ich selbst am besten, aber ich hätte das ihr gegenüber niemals zugegeben. Daher kommentierte ich ihre Bemerkung nicht und wandte mich von ab. Kyle und seine Freundin waren näher gekommen. Der außen angebrachte Schriftzug störte ein wenig die Sicht auf ihn, trotzdem konnte ich sein Gesicht gut erkennen: den Schwung seiner sinnlichen Lippen, den leichten Bartschatten an seinem Kinn und das dichte schwarze Haar, das einen fantastischen Kontrast zu seinen grünen Augen bildete.

Shannons lästernde Stimme erklang im Hintergrund. „Pass auf, dass dir nicht die Augen aus dem Kopf fallen."

Die Hände in die Hüften gestützt drehte ich mich erneut um. „Wenn du nicht sofort aufhörst, dann kannst du dir eine neue Kellnerin suchen, und das meine ich todernst!", schimpfte ich aufgebracht. Manchmal ging sie einfach zu weit.

Meine Beschwerde zeigte Wirkung. Sie hob ergeben die Hände in die Höhe. „Jetzt sieh mich nicht so böse an. Ich meine es doch nur gut mit dir. Glaub mir, Kelly, dieser Kerl", sie zeigte anklagend mit dem Finger in seine Richtung, „wird niemals nur eine Frau lieben, selbst wenn er seinen albernen Schwur, nur mit Blondinen auszugehen, einmal vergisst. Ich warte nur auf den Tag, an dem du das einsiehst und merkst, wer wirklich der perfekte Mann für dich ist."

Ich nahm mir vor, bei Gelegenheit ein ernstes Wort mit ihr zu reden. Trotz der ständigen Rückschläge hatte ich die Hoffnung, Kyle eines Tages doch erobern zu können, noch nicht ganz aufgegeben, auch wenn ich insgeheim immer öfter daran zweifelte.

„Können wir aufhören über Josh und mich zu reden?“, bat ich Shannon inständig. „Du hast dich da in was verrannt, und was Kyle angeht, werden wir beide sowieso nie einer Meinung sein.“

Sie hob in gespielter Gleichgültigkeit die Schultern. „Ist ja gut, ich sag ja schon nichts mehr.“

Shannon wandte sich von mir ab und widmete sich beleidigt der Reinigung der vollautomatischen Kaffeemaschine, die nicht nur schweineteuer, sondern auch ihr ganzer Stolz war, während ich mich wieder anschickte, die Oberflächen der Tische abzuwischen. Durch das beschriftete Schaufenster durfte ich miterleben, dass sich die Blondine wie eine läufige Hündin an Kyles Luxuskörper rieb.

Was Shannon natürlich wieder zu einer spitzen Bemerkung animierte. Ihre Augenbrauen zogen sich unheilvoll zusammen, sie schüttelte sich förmlich. „Gott, das ist ja fast ein Live-Porno, den die beiden da abziehen, und das am helllichten Tag. Widerlich, einfach nur *widerlich*! Und den willst du an dein Höschen lassen?“

Unbedingt. Lieber heute als morgen.

Ich nickte eifrig und amüsierte mich insgeheim über ihren angeekelten Gesichtsausdruck.

„Ich verstehe dich nicht“, beschwerte sich Shannon und klang ziemlich ratlos. „Wieso bist du so versessen auf diesen Kerl? So hübsch ist er doch auch wieder nicht.“

Also, *das* war eine glatte Lüge. Kyle kam der männlichen Perfektion schon verdammt nahe, das müsste sie, bei aller Abneigung, eigentlich anerkennen. Manchmal fragte ich mich, ob hinter ihrer Antipathie nicht mehr steckte. Es gab das Gerücht, Kyle hätte sie während ihrer gemeinsamen High-School-Zeit ordentlich verarscht, um eine Wette zu gewinnen. Ob das der Wahrheit entsprach, wusste ich nicht, und ich traute mich auch nicht, sie danach zu fragen. Falls es stimmte, wollte ich keinesfalls diejenige sein, die alte Wunden aufriss.

Erneut sah ich rüber zu Kyle. War *er* nur ein Zwischenstopp für mich? An manchen Tagen, wenn ich mal schlecht drauf war, fragte ich mich schon, ob ich nur noch aus purer Gewohnheit für ihn schwärmte. Es gab nicht viele brauchbare ledige Männer in Harmonville, und da Josh – entgegen Shannons fester Überzeugung – nicht für mich infrage kam, lag es doch auf der Hand, dass ich ein Auge auf Kyle warf.

Aber was, wenn Shannon recht behielt und ich nur meine Zeit verschwendete? Bis jetzt hatte er nicht mal einen Blick in meine Richtung geworfen, die Monate vergingen, gleichförmig, ereignislos. Verpennte ich mein Leben, während ich darauf wartete, dass Kyle Harmon endlich Notiz von mir nahm?

„Schlag ihn dir endlich aus dem Kopf", meinte Shannon in diesem Augenblick, Mitleid schwang in ihrem Tonfall mit. Sie spürte vermutlich mein innerliches Schwanken, meine Zweifel. Die Gunst der Stunde nutzend, setzte sie gleich nach: „Es würde nicht von Dauer sein, Kleines. Kyle gehört nicht zu den Kerlen, die sich nur mit *einer* Frau begnügen. Nach ein paar Tagen würde er seine Fühler nach der nächsten ausstrecken und dir das Herz brechen."

Damit erzählte sie mir nichts Neues, doch wenn man sich jahrelang auf etwas oder jemanden eingeschossen hatte, dann fiel es schwer, loszulassen. Unwillkürlich verglich ich Kyle mit Josh. Ich wusste auch nicht so genau, warum ich gerade jetzt an Josh denken musste. Vielleicht lag es an seiner Treue und an seiner Hingabe, mit der er seine Liebe zu Vanessa zelebrierte. Genau so eine Leidenschaft wünschte ich mir auch von meinem zukünftigen Freund. Kyle war dazu gar nicht imstande. Er liebte die Abwechslung und würde sich niemals festlegen. In der Hinsicht war Josh ihm meilenweit voraus.

In Momenten wie diesen wünschte ich mir einen Knopf, mit dem ich meine Gefühle einfach ausschalten konnte.

Shannon sah mir meine zunehmende Frustration wohl an und witterte ihre Chance, zu mir durchzudringen. „Kelly, willst du wirklich nur eine von vielen sein?“

Diese Frage traf mich mit der Wucht eines Vorschlaghammers und ich zwang mich zur Ehrlichkeit, vor allem mir selbst gegenüber. Nein, das wollte ich definitiv nicht! Betroffen senkte ich meinen Blick, weil ich es nicht schaffte, ihrem standzuhalten. Er machte sich ohnehin nichts aus Dunkelhaarigen, jeder wusste das. Seit er das Alter erreicht hatte, in dem man sich mit Mädchen verabredete, sah man ihn immer nur in Begleitung von Blondinen. Shannon hatte mal im Scherz erwogen, ihm ein T-Shirt mit dem Slogan „Nur eine blonde Frau ist eine gute Frau“ zu schenken. Ich fand das damals gar nicht lustig, vor allem, da er sich strikt an seinen Vorsatz hielt.

Da ich nun mal eine hellbraune Haarpracht besaß – und diese Farbe bei aller Liebe auch nicht ändern würde – konnte ich mir eine Verabredung mit Kyle wohl abschminken. Vielleicht klappte es ja, wenn wir beide alt und grau waren …

In diesem Augenblick lehnte sich Kyles Blondine gegen die Scheibe des Lokals. Er stand direkt vor ihr und überragte sie um eine Kopflänge, seine Lippen verzogen sich zu einem anzüglichen Lächeln, dann beugte er sich ein Stück zu ihr runter und stützte die rechte Hand an der Fensterscheibe ab.

Oh weh, wenn da mal kein gut sichtbarer Abdruck zurückblieb. Dabei hatte Shannon das Fenster erst gestern blitzblank geputzt. Ich warf einen vorsichtigen Blick zu ihr rüber.

Sie ballte die Finger zu Fäusten und schäumte vor Wut. „Dieser rücksichtslose Grobian, schau dir an, was der mit meinem Fenster macht! Jetzt kann ich wieder von vorn anfangen."

Völlig unbeeindruckt von dem Geschehen im Restaurant beugte Kyle sich über seine neue Freundin, um sie zu küssen. Es schien ihm egal zu sein, dass alle Welt ihm dabei zuschauen konnte. Mist, verdammter, was hatte die, was ich nicht hatte?

„Blonde Haare, das weißt du doch", meinte Shannon mürrisch und ich riss geschockt den Kopf herum. Konnte sie etwa Gedanken lesen? Plötzlich hellte sich ihre grantige Miene auf und sie grinste frech.

„Du solltest dringend an deinem Pokerface arbeiten, Schätzchen. Du bist ein offenes Buch."

„Na, dann brauch ich mir bei Kyle ja keine Gedanken zu machen, der schaut ja nicht mal in meine Richtung", erwiderte ich mutlos und sah dabei zu, wie er sich wieder aufrichtete, kurz einen Blick durch die Scheibe warf und uns mit einem aufreizenden Grinsen zuzwinkerte.

Dieses Lächeln galt wohl eher Shannon. Sie zu ärgern war eines seiner liebsten Hobbys, trotzdem fühlte ich mich wie geblendet. Danach schlenderte er mit seiner Neuen zu seinem Pick-up, den er ungefähr drei Meter vom Lokal entfernt geparkt hatte. Dabei streichelte er besitzergreifend ihren runden Hintern.

Etwas Merkwürdiges geschah, als ich ihn dabei beobachtete. Ich weiß nicht, warum es ausgerechnet *jetzt* passierte, aber ich spürte ganz genau: Kyle und ich … das würde nichts mehr werden. Jedenfalls nichts Dauerhaftes, aber genau das wollte ich doch. Einen Mann, der mich auf Händen trug – und nur mich. Mühsam drängte ich die aufsteigenden Tränen zurück und spürte eine leichte Berührung an meinem Arm. Es war Shannon.

„Hey, nicht weinen. Er ist es nicht wert, Kelly, und wenn du die Augen aufsperrst und in dich gehst, wirst du merken, wer der Richtige für dich ist."

Shannons letzter Satz machte mich wütend, weil sie schon wieder von mir und Josh anfing. Trotzdem schaffte ich es, die harsche Antwort, die mir schon auf der Zunge lag, herunterzuschlucken, und deutete auf die Tische.

„Wir sollten uns lieber um unsere Arbeit kümmern und nicht um Kyle Harmons Liebesleben."

Oder um meins, fügte ich in Gedanken hinzu. Ohne sie anzusehen, beugte ich mich mit meinem Lappen in der Hand wieder über den Tisch und wischte hingebungsvoll die dunkelbraune Oberfläche ab. Danach breitete ich die weiße Tischdecke aus und stellte die bauchige hellblaue Vase mit dem gelben Sträußchen darauf ab. Shannon stand mit verschränkten Armen neben mir, betrachtete mich eine Weile nachdenklich und nickte dann.

„Na gut, ich denke, es wäre keine schlechte Idee, wenn wir uns den wirklich wichtigen Dingen zuwenden."

Auch sie machte sich wieder an die Arbeit und verschwand in der Küche. Nach einigen Minuten steckte sie den Kopf heraus und sah mich fragend ab. „ Ehe ich es vergesse … weißt du, ob Josh heute vorbeikommt? Mein Lieferwagen macht mir Sorgen, er zuckt immer so komisch, wenn ich Gas gebe, und es wäre toll, wenn er sich das heute noch ansehen könnte. Wenn *du* ihn lieb bittest, schiebt er das sicher dazwischen."

Ich verdrehte die Augen. „Ich werde ihn fragen, okay? Und hör auf, so zu tun, als wäre Josh der Mann meines Lebens. Er ist mein bester Freund, ich liebe ihn, aber da ist rein gar nichts Romantisches zwischen uns."

Shannon grinste süffisant. „Wenn du meinst", erwiderte sie und ließ durchklingen, dass sie mir kein Wort glaubte.

„Es ist so, wie ich es sage", schob ich entschieden nach. „Außerdem hat er eine Freundin, auch wenn du das immer galant übergehst. Vergiss nicht, dass er schon seit Monaten mit Vanessa zusammen ist."

Nun kam sie doch aus der Küche und schüttelte sich, sobald ich Joshs Freundin erwähnte. „Oh Gott, bitte sprich ihren Namen nicht aus."

Ich konnte ihr diese Reaktion nicht übel nehmen. Mir ging es ja ähnlich. So lieb ich Josh auch hatte, aber Vanessa Larson zu seiner Freundin zu machen, war sicher nicht die intelligenteste Entscheidung seines Lebens gewesen.

Sobald es um diese Frau ging, floss das ganze Blut, welches Josh in seinem Hirn benötigte, in ein ganz bestimmtes Körperteil. Eine Entwicklung, die ich mit Besorgnis verfolgte, denn ich glaubte nicht daran, dass sie ihn genauso bedingungslos liebte wie er sie. Jemand wie Vanessa wollte kein Leben an der Seite eines einfachen Werkstattbesitzers inmitten einer Kleinstadt führen. Vanessa liebte Luxus in jeglicher Form und zeigte das auch. Immer nach den neuesten Trends gekleidet, trug sie Klamotten und Schuhe, für die ich ein ganzes Monatsgehalt hätte hinblättern müssen, und ganz sicher wäre sie niemals auf die Idee gekommen, sich ungeschminkt und in Jogginghose im örtlichen Supermarkt zu zeigen, so wie ich das ab und an machte.

Niemand in Joshs näherem Umfeld mochte sie, doch er übersah diese Tatsache geflissentlich und schwebte wie auf Wolken, sobald sie in Harmonville eintrudelte. Was glücklicherweise nicht oft vorkam. Durch ihren Job als Stewardess hielt sie sich eher selten in der Stadt auf, ein erfreulicher Umstand, der es mir leichter machte, seine Beziehung zu ihr zu akzeptieren, ohne ihr an die Gurgel zu springen.

„Wann kommt Vanessa eigentlich wieder in die Stadt?", fragte Shannon.

Ich hob gleichgültig die Schultern. „Keine Ahnung, er hat nichts gesagt, aber lang wird es sicher nicht mehr dauern.“

Shannon verzog schmollend den hübschen Mund. „Also meinetwegen kann sie ruhig wegbleiben. Weißt du, was sie sich geleistet hat, als sie beim letzten Mal hier war?“

Ich schüttelte den Kopf. Josh und Vanessa kamen öfter zum Frühstücken hierher und die Anwesenheit der blonden Stewardess kostete Shannon stets ihren letzten Nerv. Ich tauschte dann meistens meine Schicht, weil ich dieses Aas nicht auch noch bedienen wollte.

„Sie hat sich darüber beschwert, meine Eier wären ihr zu trocken“, ereiferte sich Shannon bitterböse. Ihre Kochkünste zu kritisieren, war sicher der denkbar schlechteste Weg, um sich mit ihr anzufreunden. Nicht, dass Vanessa den Anspruch gehabt hätte, mit irgendeiner Frau in Harmonville befreundet sein zu wollen, aber wenn sie es mit Josh ernst meinte, wäre es sicher von Vorteil, sich nicht überall unbeliebt zu machen.

„Gräm dich nicht deswegen“, tröstete ich meine Chefin. „Frauen wie Vanessa sind zum Meckern geboren. Wenigstens kommt sie maximal einmal im Monat in die Stadt, das lässt sich ertragen.“

Geringschätzig verzog sie den Mund. „Nun, ich denke, es wird ohnehin nicht mehr lange dauern, bis es zwischen den beiden kracht.“

Stirnrunzelnd versuchte ich, aus dieser Bemerkung schlau zu werden. Hatte ich irgendwas verpasst? Josh sprach nicht oft über seine Beziehung zu Vanessa. Wahrscheinlich spürte er instinktiv, wie unangenehm mir dieses Thema war.

„Wie meinst du das?“, wollte ich wissen.

„Ich spreche über ihren Charakter, Kelly. Frauen wie Vanessa verbringen ihr Leben nicht in einer Stadt wie Harmonville, egal, wie attraktiv der Kerl ist, und wenn

Josh das merkt, ist Schluss mit lustig. Früher oder später wird er sie vor die Wahl stellen. Der Job oder er, und dann heißt es: *Hasta la vista, Baby*".

Eine traumhafte Vorstellung … traumhaft egoistisch. Mich packte das schlechte Gewissen. Joshs Gefühle für Vanessa waren echt, auch wenn das keiner von uns richtig nachvollziehen konnte. Welches Recht hatten wir, ihn für seine Liebe zu kritisieren oder sie gar infrage zu stellen? Ich fühlte mich dazu verpflichtet, ihn zu verteidigen.

„Das ist gemein. Er liebt sie. Wir sollten ihm nicht wünschen, dass sie ihn verlässt, nur weil *wir* Vanessa nicht leiden können." Ich versuchte, möglichst viel Entschiedenheit in meine Stimme zu legen.

Shannon schenkte mir ein Lächeln. „Kelly, er liebt sie doch gar nicht, er ist höchstens verknallt, so wie du in Kyle, aber mit echten Gefühlen hat das nichts zu tun. Es ist nur eine Frage der Zeit, bis ihr zwei einseht, dass ihr füreinander bestimmt seid, dann werdet ihr das *glücklichste und süßeste* Paar in ganz Harmonville sein."

Sie seufzte übertrieben und malte sich wahrscheinlich *meine* Zukunft schon in allen möglichen Regenbogenfarben aus. Ihr war einfach nicht mehr zu helfen. Shannon würde bis an ihr Lebensende versuchen, mich und Josh zu verkuppeln, wahrscheinlich noch dann, wenn wir schon längst mit anderen Partnern verheiratet waren und die ersten Enkelkinder auf den Knien schaukelten.

„Also, dazu sag ich nichts mehr", meinte ich entschlossen. „Vielleicht solltest du dich zur Abwechslung mal um dein eigenes Liebesleben kümmern, bevor du zu einem einsamen alten Drachen mutierst."

So! Das sollte sitzen.

Shannons Begeisterung kühlte sich merklich ab und sie verzog sich eilig in die Küche.

Eins zu null für mich.

Kapitel 3

Der Rest des Vormittags verlief ruhig und ohne besondere Vorkommnisse. Shannon ließ mich zum Glück in Ruhe und werkelte in der Küche herum. Ein klein wenig bereute ich meinen Ausbruch vom Morgen, aber Shannon ging mir einfach auf die Nerven mit ihrem Gefasel über die wahre Liebe. Alle Caspary-Frauen sahen es als ihre hochheilige Pflicht an, Männer und Frauen, die in *ihren* Augen zusammengehörten, zu ihrem Glück zu verhelfen. Total verrückt, aber sie waren schon seit Generationen so schräg drauf, dass keiner das infrage stellte. Um ehrlich zu sein, gab es einige Frauen in Harmonville, die dem Urteil einer Caspary mehr vertrauten als ihren eigenen Gefühlen, was ich persönlich total ablehnte. *Ich* wollte diejenige sein, die bestimmte, wem ich meine Liebe schenkte. Niemand, auch Shannon nicht, war in der Lage, in mein Herz zu schauen.

Die einzig Normale in dieser Familie war meine Kollegin Jenny. Auch sie gehörte zum Caspary-Clan – sie war eine Cousine von Shannon –, doch bislang war sie noch nicht von diesem „Kuppel-Virus“ befallen und machte sich hin und wieder sogar darüber lustig, indem sie sich als schwarzes Schaf bezeichnete. Sie glaubte genauso wenig wie ich daran, dass Shannon und die anderen irgendwelche übersinnlichen Kräfte besaßen. Wahrscheinlich war es vielmehr eine Form von selbsterfüllender Prophezeiung. Wenn man jemandem lange genug einredete, dass etwas der Wahrheit entsprach, dann glaubte man irgendwann daran.

Nach einer kurzen Pause erwartete ich die ersten Mittagsgäste und verlor mich in Fantasien über Kyle Harmon, der seine Leidenschaft für Brünette entdeckte und mich endlich als weibliches Wesen wahrnahm. Gedankenverloren verrichtete ich meine Arbeit und überhörte sogar das Klingeln der altmodischen Türglocke, die uns immer den Eintritt eines Gastes ankündigte. Erst als sich eine schwere Hand auf meine Schulter legte, fuhr ich wie vom wilden Affen gebissen herum und schlug gegen Joshs muskulösen Brustkorb, der mir die Sicht nahm.

„Bist du irre? Du hast mich zu Tode erschreckt, du Armleuchter!"

Er grinste nur über meinen *liebevollen* Empfang. „Kann ich was dafür, wenn du mit offenen Augen träumst und mich nicht kommen hörst?"

Spielerisch schlug ich ihm meinen Lappen um die Ohren. In Ermangelung eines schlechten Gewissens lächelte er mich frech an und wich dem Lumpen problemlos aus. In seinen türkisgrünen Augen funkelte der Schalk, als er sich wieder in meine Nähe traute und mich freundschaftlich auf die Wange küsste. Ich spürte ein elektrisierendes Kribbeln, das sich auf meiner Haut ausdehnte. Oh Gott, nicht schon wieder. Seit einigen Monaten passierte so was immer wieder und so langsam machten mir die körperlichen Reaktionen auf seine Nähe wirklich Sorgen. Das Gefühl ignorierend, musterte ich sein attraktives Gesicht.

„Du bist ziemlich früh dran heute", stellte ich fest. Wenn er mich mittags besuchte, dann meistens gegen eins; so zeitig tauchte er hier höchst selten auf.

Er hob lässig die breiten Schultern, die unter seinem weißen Shirt ziemlich beeindruckend aussahen.

„Was soll ich sagen? Ich hab's einfach nicht ohne dich ausgehalten", scherzte er und warf einen bedeutungsvollen Blick Richtung Küche. Die Tür bewegte sich ein wenig, was nur bedeuten konnte, dass Shannon dahinter stand und lauschte. War ja klar!

Ich sah ihm dabei zu, wie er sich einen Stuhl heranzog und sich verkehrt herum draufsetzte. Während er die

Arme überkreuz auf der Lehne ablegte und mich mit schief gelegtem Kopf treuherzig ansah, schmolz ich innerlich dahin. Manchmal konnte ich kaum fassen, wie sehr mir dieser Kerl ans Herz gewachsen war! Ein Leben ohne Josh Whittaker konnte ich mir einfach nicht vorstellen, allein der Gedanke daran war furchterregend.

Deswegen ängstigte mich ja seine Beziehung zu Vanessa so sehr. Sie saugte wie eine Zecke seine Liebe aus ihm raus, und für mich würde irgendwann nichts mehr übrig bleiben.

„Ganz schön ruhig hier", meinte er und sah sich um.

„Ist ja erst kurz nach zwölf. Warte noch eine Viertelstunde, dann ist die Bude voll. Die kommen immer alle auf einmal." Einen Schritt näher an ihn herantretend, schenkte ich ihm einen skeptischen Blick. „Sag mal, du bist doch nicht hier, um dich über die Anzahl der Gäste zu unterhalten."

Er senkte kurz den Kopf und wirkte ein klein wenig verlegen. Eine dunkle Strähne fiel ihm dabei in die Stirn. Seine Haarfarbe war nicht dunkel genug, um sie als schwarz zu bezeichnen, aber auch nicht hell genug für braun. Man konnte die Farbe wahrscheinlich am ehesten mit einem italienischen Espresso vergleichen. Eine weitere Strähne gesellte sich zu der ersten und streifte den oberen Rand seiner Augenbraue.

Josh schob sie mit einer ungeduldigen Handbewegung zurück und zwinkerte mir zu. Wieso er das tat, erschloss sich mir nicht, vielleicht, weil ich ihn gerade anstarrte wie ein mondsüchtiges Schaf, aber Herrgott, selbst *ich* musste zugeben, dass Josh unglaublich gut aussah mit seinen kantigen Gesichtszügen und dem scharf geschnittenen Mund. Eher schmallippig, aber die fehlende Fülle verlieh seinen harmonischen, beinahe schön zu nennenden Gesichtszügen eine Härte, die ihn umso attraktiver wirken ließ.

Schnell verdrängte ich diesen Gedanken. Das fehlte noch, dass ich anfing, in Gedanken über Joshs optische Vorzüge zu philosophieren. Wenn Shannon das mitbekam, wäre ich geliefert. *Das* würde sie mir bis zum Sankt-Nimmerleins-Tag unter die Nase reiben.

„Spendierst du einem hart arbeitenden Mann einen Kaffee?"

Seufzend nickte ich, weil er meine Frage nach dem Grund seines Hierseins offenbar noch nicht beantworten wollte. Also führte er tatsächlich etwas im Schilde, und das gefiel mir nicht. Ich war kein Freund von Überraschungen.

„Klar doch", meinte ich locker und lief hinter die Theke. Aus irgendeinem Grund schwang ich aufreizend die Hüften, genau wie Kyles Eroberungen das immer taten. Sobald mir klar wurde, wie ich mich gerade verhielt – vor den Augen meines ältesten, liebsten und vor allem platonischen Freundes – stolperte ich fast über meine eigenen Beine, so eilig hatte ich es, diesen Blödsinn einzustellen.

Was zur Hölle …?

Ich erhaschte einen kurzen Blick auf Joshs offen stehenden Mund, bevor er sich mit leicht geröteten Wangen abwandte und scheinbar interessiert auf sein Handy starrte. Oh Gott, hatte er sich gerade vorgestellt, wie mein Arsch nackt aussah oder wieso wich er meinem Blick aus? Zumindest würde das den rosigen Hauch auf seinen Wangenknochen erklären. Herrje, es musste ihm doch megapeinlich sein, mich in dieser Weise wahrzunehmen, aber er war eben auch nur ein Mann und was blieb ihm anderes übrig, wenn ich arschwackelnd wie ein Fünfzigerjahre-Pin-up-Girl vor ihm her stolzierte? Entweder hatte mir Shannons Gerede das Hirn vernebelt oder die Caspary-Frauen brauten doch irgendwelche Liebestränke, die sie den Leuten heimlich untermischten. Anders konnte ich mir diesen Aussetzer nicht erklären.

Mit zitternden Händen schenkte ich Josh einen Filterkaffee ein. Er mochte das Vollautomatengebräu nicht und trank ihn immer auf die althergebrachte Weise. Ich schmiss drei Stück Würfelzucker hinterher – er fuhr total auf Süßes ab –, rührte um und verfeinerte alles mit einem Schuss Milch. Ich trug die Tasse zu seinem Tisch. Sobald ich sie vor ihm abgestellt hatte, warf ich einen flüchtigen Blick auf die Straße. Erstaunlicherweise war noch immer kein Gast in Sicht, also zog ich mir einen Stuhl heran, um mich für ein paar Minuten zu ihm zu setzen.

„Willst du was essen?“, fragte ich, als er schweigend auf seine Hände starrte. Das Handy hatte er in der Zwischenzeit weggesteckt. Seine Einsilbigkeit machte mir langsam Sorgen. Sonst hatte er immer einen lockeren Spruch auf den Lippen.

„Josh? Du kommst zu einer total unüblichen Zeit, du sprichst nicht mit mir. Was ist los?“

Er seufzte und verschränkte die Hände hinter seinem Hinterkopf. Sein schwarzes Shirt spannte sich dabei über seinem Brustkorb und seine Armmuskeln wölbten sich beeindruckend nach außen. Gott, war ich froh, zu sitzen, ich konnte förmlich spüren, wie mir bei diesem Anblick die Knie weich wurden. Wir gingen bei schönem Wetter oft zusammen schwimmen, draußen am See. Ich kannte jede Linie und jeden Muskel seines Körpers. Deswegen erstaunte mich meine heftige Reaktion auf den Anblick seines Bizeps.

„Ich will nichts essen, ein Kaffee reicht völlig, danke.“ Er sah auf und wirkte ziemlich schuldbewusst.

Gleich darauf wurde mir auch klar, warum.

„Ich bin eigentlich nur da, um dir für heute Abend abzusagen.“

Er zog die Schultern ein als erwartete er ein Donnerwetter, doch ich war gar nicht fähig, etwas anderes zu empfinden als bodenlose Enttäuschung. Heute war Mittwoch, unser Filmabend, und sobald ich das vorfreudige Funkeln in seinen Augen entdeckte, wusste ich genau, was los war. Vanessa würde zu Besuch kommen. Das bekam ich auch gleich darauf bestätigt.

„Nessas Reiseroute wurde geändert und ihr Flug nach New York wurde abgesagt. Sie wird gegen Abend hier sein." Joshs Augen bettelten um mein Verständnis. „Wir haben so wenig Zeit füreinander. Sei nicht sauer. Wir holen das nach, wenn sie wieder weg ist. Okay?"

Tja, was sollte ich darauf noch antworten? Die Wahrheit konnte ich ihm ja schlecht sagen, ohne ihm seine Freude zu verderben.

„Na klar, ich versteh das. Genieß deine Zeit mit ihr, ich kann mir die Filme auch allein ansehen", erwiderte ich mit aufgesetzter Fröhlichkeit, doch tief in mir drin machte sich Frust breit, weil ich schon wieder hinter ihr zurückstecken musste. Natürlich war das egoistisch. Um ehrlich zu sein, verbrachte ich viel mehr Zeit mit Josh als Vanessa und ich hatte eigentlich noch keinen echten Grund, mich zu beschweren. All die Bedenken und Ängste, die in mir brodelten, fanden nur in meinem Kopf statt und doch konnte ich mich nicht dagegen wehren, mich zurückgesetzt zu fühlen. Abgesehen davon verdarb sie mir mit ihrer bloßen Anwesenheit die Laune und förderte meine Minderwertigkeitskomplexe.

Ich sah sie vor mir: schick und adrett in ihrer dunkelblauen Stewardessenuniform, ihr Lächeln wie immer vollkommen und die blonden Locken fielen ihr perfekt frisiert um die zierlichen Schultern. Neben ihr fühlte ich mich immer wie eine hässliche Missgeburt, dabei sah ich gar nicht so übel aus. Nur leider erwiesen sich Vergleiche mit Joshs Freundin als pures Gift fürs Selbstbewusstsein.

Vanessa konnte optisch mit jedem Topmodel mithalten, während ich, vom Kopf bis zu den Zehennägeln, das typische All-American-Girl verkörperte. Josh bekam immer ganz glasige Augen, sobald er auf Vanessas riesige Brüste starrte, während meine kaum ein B-Körbchen ausfüllten. Ich hätte jede Wette gehalten, dass bei ihr ein Schönheitschirurg nachgeholfen hatte, obwohl sie steif und fest behauptete, ihre Oberweite sei echt. Na klar …

„Tja, wenn deine Freundin mal Zeit für dich erübrigen kann, musst du das natürlich ausnutzen", meinte ich und versuchte mit aller Kraft, mich nicht noch weiter in meine Enttäuschung hineinzusteigern. Leider konnte ich mir einen bissigen Tonfall nicht verkneifen, dementsprechend verschnupft reagierte er.

„Was sind denn das auf einmal für Töne? Das klingt ja fast so, als würdest du sie nicht mögen."

Worauf du deinen süßen Arsch verwetten kannst, Josh Whittaker!

Nichtsdestotrotz versuchte ich, die Wogen zu glätten. „Das stimmt doch gar nicht", log ich ihm zuliebe und hatte deswegen auch kein schlechtes Gewissen. Wie gern hätte ich ihm die Wahrheit gesagt, doch ich wollte ihn nicht vor eine Wahl stellen. Ich ahnte, dass ich in diesem Fall den Kürzeren ziehen würde, und solange sie ihn glücklich machte, musste ich sie akzeptieren, auch wenn das bedeutete, dass sie mich Stück für Stück aus seinem Leben drängte.

Ich rieb mir über die Gänsehaut, die sich bei diesem Gedanken auf meinen Armen ausbreitete, und lächelte ihn beschwichtigend an. „Hör mal, ich bin nicht begeistert, dass ich den Abend allein verbringen muss, und ja, ich bin ein wenig eifersüchtig, weil sie dich heute ganz für sich hat. Aber das ist allein mein Problem und ganz sicher kein Weltuntergang. Mach dir keinen Kopf und genießt eure traute Zweisamkeit."

Noch nie war mir eine Lüge schwerer gefallen und noch nie war ich besser darin gewesen, ihn zu täuschen.

„Großartig. Dann steht einem schönen Abend nichts mehr im Weg", meinte er und blickte frech grinsend zwischen seine Beine, um zu verdeutlichen, auf welche Weise er die kommende Nacht gerne verbringen wollte.

Automatisch folgte ich seinem Blick. Eine Welle peinlicher Verlegenheit trieb mir die Hitze auf die Wangen, beim Anblick der deutlich sichtbaren Ausbuchtung unter seiner Jeans. Bis zum heutigen Tag hatte ich mir über seinen Penis noch nie Gedanken gemacht und nun …

Wieder spürte ich dieses Kribbeln auf meiner Haut, so wie vorhin, nach dem brüderlichen Kuss auf meine Wange. Das waren jedoch nicht die einzigen Reaktionen, die mir zu schaffen machten. Plötzlich fiel es mir schwer, normal zu atmen. Gegen meinen Willen beeindruckten mich die äußerlich sichtbaren Ausmaße seiner Anatomie. Selbst ohne Erektion wölbte sich die Vorderfront imposant nach außen und ich fragte mich doch allen Ernstes, in welchen Dimensionen sich sein männlichstes Körperteil größentechnisch bewegte …

Sein herzhaftes Lachen riss mich aus der versunkenen Begutachtung seines Schritts. Mein Kopf ruckte aufwärts und ich ertrug tapfer sein breites Grinsen und das belustigte Funkeln in seinen Augen. Nach so vielen Jahren Freundschaft gab es eigentlich nicht mehr viel, was mir ihm gegenüber peinlich gewesen wäre, doch nachdem ich mich dazu hatte hinreißen lassen, seinem besten Stück meine gesamte Aufmerksamkeit zu schenken, erglühte ich wie ein Feuerball. Klar, dass er das lustig fand. Oder schockierend. Vielleicht auch beides.

Seine Lippen zuckten belustigt. Er beugte sich vertraulich über den Tisch und schenkte mir einen ziemlich anzüglichen Blick.

„Wenn du wirklich so neugierig bist“, fing er an und verbiss sich nur mühsam ein Lachen, „dann kann ich ihn dir gerne mal zeigen.“

Um die unendliche Verlegenheit, die gerade meinen Stolz vernichtete, zu kaschieren, schnappte ich mir die Speisekarte und schlug ihm damit auf den Arm. „Sag mal, spinnst du?!“

Ich schlug ihn gleich noch einmal, um meiner Aussage mehr Nachdruck zu verleihen. Natürlich spürte er das kaum. Josh besaß Muskeln aus Stahl und so, wie er mich gerade ansah, genoss er diese Situation über die Maßen. Ja, mehr noch, er wirkte sogar ein klein wenig selbstgefällig. Männer! Wenn es um ihren Penis ging, waren sie alle gleich. Eingebildet und total von sich überzeugt.

„Hör auf, so zu tun, als wolltest du nicht wissen, was ich unter meiner Jeans zu bieten habe“, neckte er mich gnadenlos weiter.

„Und was soll das bringen, wenn ich ihn mir anschaue?“, fragte ich großspurig und hoffte, ihn dadurch in Verlegenheit zu bringen. Er rechnete sicher nicht damit, dass ich darauf einging. Gespielt nachdenklich sah ich ihn an. „Soll das ein *Zeigst du mir deins, dann zeig ich dir meins*-Spiel werden oder hoffst du auf Komplimente?“

Ein merkwürdiger Ausdruck trat in seine Augen. Die Iris wies eine aquamarinfarbene Tönung auf, man hatte stets das Gefühl, auf die funkelnde Oberfläche eines karibischen Meeres zu starren. Tief, unergründlich und wunderschön.

Auf seinen Lippen breitete sich ein lässiges Lächeln aus; mein Versuch, ihn aus dem Konzept zu bringen, war damit gnadenlos gescheitert. „Keine Sorge, was meinen Freund da unten angeht, gab es bisher keine Beschwerden. Ich bin also nicht scharf auf Komplimente, höchstens auf guten, alten, schmutzigen Sex.“

Merke: Niemals wieder Joshs Schlagfertigkeit unterschätzen. Ich konnte spüren, wie ich knallrot anlief und kurz davor stand, mir eine Tischdecke über den Kopf zu ziehen, weil mir diese Anspielung unendlich peinlich war. Normalerweise geriet ich selten in den Fokus von seinen Anzüglichkeiten, heute hatte ich es jedoch herausgefordert und mehr bekommen, als ich verkraften konnte. Es gelang mir nicht, seinem Ego mit weiblicher Coolness zu begegnen, dafür lag in seinem eben geäußerten Satz eine zu stark ausgeprägte arrogante Selbstsicherheit, die mich in Verlegenheit brachte.

Diese Seite seiner Persönlichkeit ignorierte ich seit Jahren mit stoischer Konsequenz, doch ab und an wurde ich doch damit konfrontiert und dann wusste ich nicht, wie ich mich verhalten sollte. Er schien zu spüren, wie unangenehm mir der Verlauf unserer Unterhaltung wurde und wechselte das Thema.

„Sag mal, ist das mit heute Abend wirklich okay für dich?“, fragte Josh. „Du weißt, ich hätte nicht abgesagt, wenn Vanessa sich nicht außerplanmäßig angemeldet hätte.“

Vanessa. In Gedanken steckte ich mir den Finger in den Hals. *Miss Perfect*, jung, attraktiv, sexy und anspruchsvoll. Hin und wieder wünschte ich mir, so zu sein wie sie, doch ich würde immer Kelly bleiben, das einfache Mädchen aus der Provinz, das Burger, Bier und Football mochte, und natürlich Shannon Casparys selbst gemachten Apfelkuchen.

Auf einmal ertrug ich den Gedanken an die beiden zusammen nicht mehr, und auch die Aussicht, den Abend allein verbringen zu müssen, nachdem ich meine Hoffnungen auf Kyle endgültig zu Grabe getragen hatte, munterte mich nicht unbedingt auf. Ich fühlte mich scheiße, brauchte Trost und Joshs starke Schulter zum Ausweinen, doch Vanessas bevorstehende Ankunft sorgte dafür, dass ich mit meinem Kummer allein klarkommen musste. Er freute sich so sehr auf die Zeit mit ihr, ich konnte ihn nicht darum bitten, sie zu vertrösten, nur weil ich Liebeskummer hatte. Das wäre unfair gewesen und einer echten Freundin nicht würdig.

Hastig stand ich auf, weil mir die Tränen in die Augen schossen. Scheiße, ich mutierte hier noch zur Heulsuse, das entsprach eigentlich gar nicht meinem Charakter. Ich blinzelte ein paarmal und lächelte übertrieben strahlend. „Ich hol noch Kaffee für mich, magst du auch noch einen?"

Ich wollte Richtung Tresen davonstürzen, da fing er mein Handgelenk ein und hielt mich zurück. „Warte doch, wieso weichst du mir aus?"

Durch den unvermuteten Ruck verlor ich das Gleichgewicht und fiel direkt auf seinen Schoß. Ich musste mich an seinen Oberarmen festhalten, um nicht zu Boden zu stürzen. Schwer atmend und erschrocken blickte ich in sein vertrautes Gesicht, unter meinen Fingern spürte ich die Wärme seiner Haut und das unkontrollierte Zucken seines angespannten Bizeps.

In diesem Augenblick wurde ich mir seiner Männlichkeit bewusst, und das so intensiv, dass ich kurz nach Luft schnappen musste. Er roch nach Mann, nach Motoröl, Leder und frischem Schweiß. Das war sehr … anregend. Blinzelnd erwiderte ich seinen intensiv durchdringenden Blick. Gleichzeitig gab ich mir Mühe, mich aus dieser merkwürdigen Stimmung zu reißen, bevor ich mich blamierte und anfing, wegen meinem besten Freund auf die blütenweiße Tischdecke zu sabbern.

Das ist Josh, reiß dich gefälligst zusammen und werd wieder normal!

Auf einmal kam sein Gesicht näher, seine Lippen befanden sich nur zwei Fingerbreit von meinen entfernt, während wir uns anstarrten. Die Atmosphäre im Raum veränderte sich. Für mich fühlte es sich an, als würden die Wände näher rücken, uns auf engstem Raum zusammenpferchen, komprimiert auf das Notwendigste. Meine Sinne übernahmen das Denken und ich fing an, mich zu fragen, wie sich dieser Mund anfühlte, der nur noch wenige Millimeter von meinem entfernt meine Fantasie anheizte. Joshs Atem fächerte spürbar über meine Haut, ich erschauerte, rückte unbewusst noch dichter an ihn heran. Nur noch eine winzige Vorwärtsbewegung und wir würden einander küssen …

Das brachte mich augenblicklich zur Vernunft und ich wich wieder zurück.

„Josh, du kannst mich jetzt loslassen", stotterte ich und verfluchte meine atemlose Stimme. Aber genau so fühlte ich mich im Moment. Atemlos und verwirrt. Selbst an Kyle Harmon verschwendete ich keinen Gedanken mehr, weil ich mich von Joshs Anblick kaum losreißen konnte.

„Kelly …"

Seine raue Stimme löste Dinge in mir aus, die ich verzweifelt zu ignorieren versuchte. Bei Josh empfand ich eine Verletzlichkeit, die mich angreifbar machte. Natürlich war eine Freundschaft kein Krieg, doch wenn einem, so wie jetzt, Bilder durch den Kopf gingen, die in einer platonischen Beziehung nichts verloren hatten, dann musste ich kämpfen, um dieses kostbare Etwas, das uns schon seit unserer Kindheit verband, nicht zu verlieren.

Doch es fiel mir schwer, denn vor ein paar Sekunden war das nicht mein Josh, sondern ein unglaublich attraktiver Fremder, dessen Augen sich verschleierten hatten und dessen Atem genauso kurz und stockend gekommen war wie meiner, als uns eine überraschende Anziehung aufeinander zutrieb.

Gütiger Himmel, was ist da vorhin nur mit uns passiert?, fragte ich mich wie betäubt.

Das knarzende Geräusch der Küchentür erlöste uns aus diesem Bann und wir fuhren endgültig auseinander.

„Ha! Ich wusste es!“

Shannons Ausruf hallte wie ein Donnerschlag durch den Gastraum ihres Restaurants. Triumphierend sah sie zu uns rüber und stemmte die Fäuste in die schlanken Hüften. Ihr dunkler Pferdeschwanz wippte rauf und runter, während sie heftig nickte.

„Was weißt du?“, fragte ich gereizt zurück, krabbelte eilig von Joshs Schoß und nahm gedankenlos die Speisekarte in die Hand, um mir damit die dringend benötigte Luft zuzufächeln. Mir war auf einmal unheimlich warm.

„Du und Josh, ihr beide seid …“

„Freunde“, beendete ich ihren Satz, schaute irritiert auf die Speisekarte und warf sie wieder zurück auf den Tisch.

Josh machte wieder einen völlig normalen und gelösten Eindruck, als hätte er nicht kurz davorgestanden, mich zu küssen. Oder bildete ich mir das nur ein? Für ihn gab es doch sonst nur Vanessa und ich hatte noch nie erlebt, dass er auf die vielen Angebote anderer Frauen eingegangen wäre, auch wenn es leicht gewesen wäre, seine Freundin zu betrügen. Sie hätte es niemals mitbekommen, aber Josh war treu wie Gold. Jetzt saß er lässig auf seinem Stuhl und schien sich gar keine Gedanken darüber zu machen, was sich eben um ein Haar ereignet hätte. Ein bisschen wurmte mich das schon. Während ich Probleme hatte, meinen rasenden Puls wieder unter Kontrolle zu bringen, sah er aus wie die Ruhe selbst.

Shannon beobachtete uns mit einer Spur Verzweiflung im Blick. „Also, ihr beide seid wirklich der härteste Fall, den ich je hatte. Jeder in Harmonville weiß, dass ihr füreinander bestimmt seid …“

Ich unterbrach sie. „Natürlich wissen sie das. Du machst ja den ganzen Tag nichts anderes, als es jedem in der Stadt unter die Nase zu reiben. Und das, obwohl Josh schon seit Monaten mit einer anderen zusammen ist. Aber das interessiert dich nicht. Du machst trotzdem weiter und bringst Josh und mich in Verlegenheit“, schimpfte ich. „Ich finde das ganz schön dreist.“

Josh grinste über meine Schimpftirade. Er nahm das Geplapper der Caspary-Frauen mit Humor, auch wenn es ihn unglaublich störte, dass alle nur darauf zu warten schienen, dass es zwischen uns klick machte. Ansonsten lachte er darüber. Nur einmal geriet er ernsthaft in die Bredouille, und zwar als Vanessa zu Ohren kam, was Shannon so trieb. Sie flippte total aus und drohte sogar damit, ihn zu verlassen.

Josh klärte sie über Shannons Spleen auf und konnte sie beschwichtigen. Vermutlich konnte sich eine Traumfrau wie Vanessa nicht vorstellen, wegen einer wie mir abserviert zu werden, und solange er mit mir abhing, konnte er keinen anderen Frauen hinterhersteigen. Kelly, der Anstandswauwau wider Willen.

Josh meldete sich wieder zu Wort. „Kelly, ich fürchte, bei Shannon stößt du auf taube Ohren. Wenn sie der Meinung ist, wir wären das perfekte Paar, dann haben wir zwei nichts zu melden.“

Dass er sie aufzog, passte ihr gar nicht. Shannon schmollte und warf Josh einen erbosten Blick zu. „Macht euch ruhig über mich lustig, aber ich täusche mich nie. Und so, wie ihr euch gerade eben angesehen habt, bin ich mir sicherer denn je, dass ich recht behalte. Ich konnte es förmlich knistern hören, aber lügt euch nur selber an. Eines Tages werdet ihr einsehen, wie recht ich habe.“

Die Selbstgefälligkeit, mit der sie dies behauptete, ging mir gegen den Strich, auch wenn ich nach dem eben Erlebten doch ein wenig unsicher wurde. Trotzdem tat ich alles, um ihr in die Parade zu fahren.

„Es knistert höchstens in deinem Kopf“, entgegnete ich sauer.

Josh lachte weiter in sich hinein und fand die ganze Situation offenbar tierisch witzig.

„Hör auf, so süffisant zu grinsen, Joshua Whittaker", fuhr ich ihn an, mit dem wenig zufriedenstellenden Ergebnis, dass er sich noch mehr amüsierte.

„Das ist *nicht* komisch, Josh", wiederholte ich erbost und funkelte ihn böse an. „Wahrscheinlich hält sich Kyle nur deswegen von mir fern, weil er Shannons Unsinn glaubt und *dir* nicht in die Quere kommen will. Und du hast nichts Besseres zu tun, als blöd zu grinsen."

Meine Stimme zitterte verdächtig, ich fühlte mich überfordert. Erst die Erkenntnis, niemals Kyles Sweetheart zu werden und dann noch Joshs Absage, die mir bewusst machte, wie einsam der heutige Abend verlaufen würde, ohne ihn an meiner Seite. Ich wandte mich halb ab, weil ich die aufsteigenden Tränen verbergen wollte. Jetzt wurde ich doch zu einer sentimentalen Heulsuse. Schöner Scheiß …

Stuhlbeine scharrten über den Boden, Josh stand auf und legte versöhnlich den Arm um meine Schultern und drehte mich so, dass er mich an seine breite Brust drücken konnte. Shannon ignorierte er.

„Nicht böse sein, Kelly ", flüsterte er mir ins Ohr. „Ich wollte dich nicht aufziehen. Ich finde es nur komisch, dass scheinbar alle außer dir ignorieren, dass ich eine feste Freundin habe. Aber damit wird demnächst Schluss sein, das verspreche ich dir."

Schniefend rieb ich die Wange an seinem Shirt und sah zu ihm auf. „Wie meinst du das?"

Er lächelte vielsagend und seine Augen funkelten dabei so strahlend, dass mein Herz unwillkürlich schneller schlug. Eine leise Ahnung beschlich mich, mein Magen zog sich unangenehm zusammen. Er wollte doch nicht etwa … Nein, alles, nur das nicht!

Wenn ich seinen Gesichtsausdruck richtig interpretierte, dann wollte er jetzt tatsächlich ernst machen und sie heiraten. Aber das ging nicht! Sie war nicht die Richtige für Josh! Mir wurde ganz anders zumute, als sein Lächeln eine verschwörerische Note bekam und er hinten in seine Hosentasche griff. Oh Gott …

„Den hier habe ich besorgt, als ich neulich in Santa Rosa war", begann er und klappte den Deckel der kleinen Samtschachtel auf. In der Einkerbung des dunkelblauen Kissens steckte ein unglaublich hübscher Ring mit einem funkelnden Stein darauf. „Denkst du, er wird Vanessa gefallen? Sie ist in solchen Dingen wirklich wählerisch."

Josh hielt mir seinen Verlobungsring unter die Nase und das Schlimmste war noch nicht mal die Tatsache, dass er mich mit keinem Sterbenswörtchen in seine Pläne eingeweiht hatte, sondern dass in mir etwas zerbrach, von dem ich gar nicht gewusst hatte, dass es kaputtgehen konnte. Doch ich hörte das Knacksen, fühlte, wie das, was eigentlich zusammengehörte, Stück für Stück auseinanderdriftete. Ich würde ihn verlieren; der Tag, vor dem ich mich so fürchtete, rückte unaufhaltsam näher. So plötzlich und unvermutet, dass es mich total aus der Bahn warf.

Erschrocken über die heftigen Emotionen, die mich gerade durchdrangen, suchte ich Shannons Blick. Sie stand in diskretem Abstand ein Stück abseits und musterte mich nachdenklich. Gleich darauf sah ich Josh wieder an, der mich erwartungsvoll betrachtete und auf eine Antwort wartete.

Schnell, Kelly, du musst irgendwas sagen!

„Sie … sie wird den Ring lieben, da bin ich mir ganz sicher, und ich wünsche euch alles Glück der Welt", presste ich hervor und erstickte fast daran. Wenn Vanessa nach Harmonville zog, um zusammen mit Josh eine Familie zu gründen, würde unsere Freundschaft eine harte Bewährungsprobe bestehen müssen. Natürlich würden wir Freunde bleiben. Josh schob niemanden ab, schon gar nicht mich. Immerhin verband uns eine gemeinsame Vergangenheit, wir hatten zusammen die Schwelle der Kindheit durchbrochen, alle Hürden gemeistert, die uns am Erwachsenwerden gehindert hatten, und das schmiedete ein Band härter als Titan, und doch war der erste Schnitt schon längst vollzogen. Josh hatte ihn selbst gesetzt, indem er mir nichts von seinen Heiratsplänen erzählt hatte. Noch während diese trostlose Erkenntnis in mir reifte, umarmte er mich erneut.

„Ich danke dir, du bist die beste Freundin, die man sich wünschen kann."

Josh drückte mich so fest an sich, mir blieb fast die Luft weg. Doch er würgte effektiv das Schluchzen ab, das hinterhältig in meiner Kehle lauerte. Innerhalb von wenigen Minuten ging mein Leben den Bach runter, wenigstens fühlte es sich so an. Erst die Erkenntnis, dass ich mir Kyle abschminken konnte und nun würde ich meinen besten Freund an eine silikonverstärke Blondine verlieren, die mich nicht ausstehen konnte.

Blöde Vanessa … blöder Kyle … treuloser Josh.

Er hingegen strahlte mich an, sobald er mich losließ. Links und rechts um seine Augenwinkel nisteten sich hinreißende Lachfältchen ein, die seinen enormen Charme noch verstärkten. Sie hoben das irisierende Leuchten seiner grünblauen Augen noch mehr hervor und erneut wurde mir bewusst, wie gut er aussah. Ich fühlte unverhohlenen Neid auf Vanessa, weil sie so einen tollen Mann abbekam und ich immer noch als Single durchs Leben irrte.

Meine Eifersucht entwickelte sich in diesen Minuten zu einem emotionalen Wendepunkt in meinem Leben. Sie machte mir bewusst, wie abhängig ich von Joshs Gegenwart war, wie sehr ich den Klang seines Lachens brauchte und die Wärme seiner Umarmung, wenn es mir mal nicht gut ging. Er war mein Anker, der Mensch, an dem ich mich festhielt, wenn alles auseinanderzubrechen drohte, und dem ich all jene Dinge erzählte, die ich weder meinen Eltern noch meinen Freudinnen anvertrauen konnte.

Das Klingeln der Glocke kündigte den ersten richtigen Gast an und wir lösten uns widerstrebend aus unserer Umklammerung. Gale McKittrick, der neue Arzt in Harmonville und seit Neuestem Shannons Verehrer, kam herein.

„Hey, hier kommt ein hungriger Gast, der sich nach einem leckeren Sandwich à la Shannon sehnt“, rief er gut gelaunt.

„Kommt sofort, Gale“, antwortete sie und verschwand hinter der Schwingtür.

Ich zog automatisch die Mundwinkel hoch. Komisch, wie man sich selbst programmieren konnte, um so zu funktionieren, dass die anderen nicht mitbekamen, wie es in einem aussah. „Hi Gale, ich nehme an, du willst auch was zu trinken?“

„Yep, ein Glas Zitronenlimonade.“

Gale schenkte mir ein warmherziges Lächeln und zwinkerte mir zu. Schon verständlich, dass Shannon ihn gern mochte. Er strahlte Ruhe und Kraft aus und sah dabei ausgesprochen gut aus. Intelligente blaue Augen mit einem silbrigen Schimmer, ein Dreitagebart und silberblondes Haar, das er gerade lang genug trug, um es im Nacken zu einem Zopf binden zu können. Sein etwas unkonventionelles Aussehen – zumindest für einen seriösen Mediziner– hatte anfangs für reichlich Getuschel gesorgt, doch am Ende hatte er das Wohlwollen der Bewohner errungen, indem er der Tochter des Bürgermeisters während des großen Barbecues in Harmonville durch einen Luftröhrenschnitt das Leben rettete. Gales beherztes Eingreifen wurde von den Bewohnern anerkannt, und als dann noch bekannt wurde, dass er für die US Army in Afghanistan im Einsatz gewesen war, um verletzte Soldaten zu betreuen, wuchs sein Ansehen noch weiter. Abgesehen davon war er sehr nett und verlässlich. Alles Eigenschaften, die auch Shannon als wichtig erachtete. Vielleicht würde Gale das Herz der Eisprinzessin zum Schmelzen bringen?

Gale entdeckte jetzt auch Josh und da die beiden befreundet waren, kam er auf uns zu, um ihn per Handschlag zu begrüßen.

„Wieso wundert es mich nicht, dich hier zu sehen?", zog er Josh grinsend auf. „Die siamesischen Zwillinge einträchtig vereint. Wollt ihr nicht langsam das Hochzeitsdatum festlegen?"

Gale machte nur einen Scherz; im Gegensatz zu vielen anderen in der Stadt glaubte er nicht an Shannons Prophezeiung und kam auch als einer der wenigen gut mit Vanessa zurecht. Trotzdem unterdrückte ich nur mühsam ein genervtes Stöhnen, weil ich jetzt keine dummen Witze über mich und Josh ertragen konnte.

Der reagierte gewohnt schlagfertig. „Die Zwillinge wurden operativ getrennt und treffen sich jetzt mit anderen Menschen."

Damit nahm er Gale jede Grundlage, uns weiter aufzuziehen. Das hätte mich freuen sollen. Stattdessen biss ich mir die Zunge blutig, um nicht in Tränen auszubrechen. Das war doch alles nicht richtig. Josh und Vanessa … seine Pläne, sie zu heiraten … meine merkwürdigen Anwandlungen, die allesamt in die falsche Richtung führten und mich dazu zwangen, ihn auch als Mann zu sehen.

„Und wie geht's dir?", fragte Josh indessen und wurde wieder ernst. „Die Grippewelle hat ja ordentlich zugeschlagen. Ich hab gehört, es hat sogar Mrs. Simmons erwischt. Ich dachte immer, die ist unverwüstlicher als Unkraut."

Mrs. Simmons war Gales Sprechstundenhilfe. Er hatte die energische Witwe sozusagen vom früheren Arzt *geerbt*. Sie hielt ihn ziemlich auf Trab und sorgte für einen reibungslosen Ablauf in der Praxis. Gale grinste schwach und fuhr sich übers Haar, in dem einige dunklere Strähnen zu sehen waren. Ein merkwürdiger, aber auch sehr attraktiver Kontrast, der seine stechenden Augen noch mehr zur Geltung brachte.

„Du kennst sie doch. Thelma lässt sich nicht unterkriegen. Sie stand schon nach vier Tagen wieder in der Praxis. Putzmunter und voller Energie." Er verzog ironisch den Mund. „Du glaubst doch nicht, ein Grippeerreger könnte sie aus der Bahn werfen?"

Nach dieser Feststellung musterte er mich von Kopf bis Fuß. Verlegenheit stieg in mir auf, auch wenn sein Blick nichts Anzügliches an sich hatte.

„Ich muss sagen, du wirst auch jedes Mal hübscher, wenn ich dich treffe", stellte er fest und dann überraschte er mich mit einer ziemlich unangebrachten Äußerung. „Ich frage mich ja schon, wie Josh es schafft, die Finger von dir zu lassen. Es wird nicht umsonst behauptet, Männer und Frauen könnten keine Freunde sein."

Ich sah mich genötigt, Vanessa ins Spiel zu bringen, auch wenn ich liebend gerne vergessen hätte, dass sie existierte. „Wie du siehst, geht das schon. Immerhin hat Josh eine sehr hübsche Freundin, da fällt es ihm leicht, die Pfoten stillzuhalten. Außerdem weiß er ganz genau, dass ich ihm die Finger auf die Tischplatte tackern würde, sollten sie sich in Gegenden verirren, in denen sie nichts zu suchen haben."

„Gut gekontert, Kleines." Joshs anerkennende Bemerkung machte mich stolz und als er mir in die Augen sah, fühlte ich ungewohnte Scheu in mir aufsteigen. Langsam wurde es *wirklich* komisch zwischen uns. Lag es am Wetter, dass ich so durchdrehte? Nein, sicher nicht. Gestern herrschten auch stickige, geradezu schwüle

Temperaturen und wir waren völlig normal miteinander umgegangen.

Da ihm meine Zurechtweisung wohl ein wenig peinlich war, fing Gale eine Unterhaltung mit Josh an, der ihm aufmerksam zuhörte. Während die beiden sich über das anstehende Superbowl-Finale ausließen und Josh sich dabei halb von mir abwandte, begutachtete ich seinen breiten Rücken und versuchte, ihn mit den Augen einer Fremden zu sehen. Und was ich da zu Gesicht bekam, verschlug mir förmlich den Atem. Ja, war ich denn all die Jahre blind gewesen?

Bestürzt irrten meine Augen über seine ausgeprägte Armmuskulatur, über die breiten Schultern und die schmalen Hüften, die in lange Beine übergingen. Er trug ein schwarzes Harley-Davidson-Shirt und verwaschene Blue Jeans, seine Füße steckten in klobigen schwarzen Schuhen. Eigentlich sah er aus wie immer und doch ganz anders. Unwillkürlich hatte ich den kleinen, viel zu dünnen Jungen vor Augen, den ich vor über zwanzig Jahren kennengelernt hatte. Er war nur zwei Jahre älter als ich, und doch schienen auf einmal Welten zwischen dem Burschen zu liegen, den ich seit Jahren als einen Teil von mir ansah, und dem Mann, der sich hier so locker über die neuesten Spielergebnisse ausließ.

Josh hatte in der Zwischenzeit sein Gespräch mit Gale beendet, der sich an einen Tisch am hinteren Ende des Lokals setzte und erwartungsvoll die Küchentür im Auge behielt. Dahinter hörte man es klappern. Eigentlich war alles wie immer, doch ich fühlte mich wie die Gefangene eines Albtraums.

„Hey, ich habe eine Idee“, hörte ich Josh neben mir sagen.

Ich bemühte mich, aus meiner komischen Stimmung herauszukommen, und lächelte. „Was denn für eine Idee?“

Er wirkte total aufgekratzt, und wieder versetzte es mir einen Stich, dass nicht ich der Grund für seine gute Laune war, sondern der Besuch seiner Freundin.

„Komm doch morgen Abend zum Essen“, schlug er vor. „Vanessa freut sich bestimmt, dich zu sehen.“

Also, die Meinung hatte er definitiv exklusiv. Vanessa konnte mich genauso wenig ausstehen wie ich sie. „Ich weiß nicht, ich störe doch nur.“

„Mann, du störst doch nicht. Du bist seit Tante Elizabeths Tod praktisch meine Familie. Vanessa weiß das. Komm schon, gib dir einen Ruck und komm morgen Abend. Bitte.“

Wie sollte eine Frau da Nein sagen? Auch die Tatsache, dass er mich als Teil seiner stark dezimierten Familie empfand, jagte mir erneut Tränen der Rührung in die Augen.

„Okay, okay, wenn du mich so anbettelst, kann ich unmöglich Nein sagen“, seufzte ich. „Gib mir morgen einfach Bescheid, wann ich kommen soll.“

Er schenkte mir ein umwerfendes Lächeln. „Wird erledigt, und jetzt muss ich zurück zur Werkstatt. Ich habe noch einen Haufen Arbeit vor mir und will fertig sein, bevor Nessa heimkommt.“

Heimkommt … ob sie das ähnlich sah wie er? Irgendwie hatte ich da so meine Zweifel.

Zum Abschied bekam ich noch ein Küsschen auf die Wange. Die Berührung seiner Lippen brannte sich in meine Haut und ich schluckte überfordert, während er nicht merkte, was für ein Gefühlschaos er in mir anrichtete.

„Bye, Kleines … und danke für dein Verständnis.“

Seine Worte verhallten und ich sah ihm verdattert nach, als er das Lokal verließ. Sobald er aus meinem Blickfeld verschwunden war, drehte ich mich um und erschrak fast zu Tode, als ich Shannon mit einem Teller vor der Schwingtür stehen sah. Sie wirkte nicht sonderlich glücklich. Hatte sie vorhin mitbekommen, dass Josh Vanessa einen Antrag machen wollte? So langsam verstand ich das Ausmaß seines Entschlusses. Er würde heiraten, eine Familie gründen. Und wer würde eines Tages mein Ehemann werden?

Unwillkürlich formte sich ein Bild vor meinen Augen. Eine verschleierte Braut, die in einem wunderschönen weißen Kleid durch einen blumengesäumten Mittelgang auf den stattlichen Bräutigam zulief. Er kehrte ihr noch den Rücken zu, erst als sie sich auf gleicher Höhe befanden, wandte er sich um. Zuerst sah ich nur schlanke, aber kräftige Hände, die nach dem Schleier griffen, ihn anhoben. Zum Vorschein kam ich selbst. Strahlend vor Glück und total verliebt. Meine innere Kamera zoomte zum Bräutigam, doch statt wie erwartet in Kyle Harmons attraktives Gesicht zu schauen, blickte ich in Joshs hellgrüne Augen, die voller Liebe und Zärtlichkeit auf mich hinuntersahen.

Schockiert riss ich mich aus diesem Tagtraum und wandte ich mich um, damit Shannon nicht misstrauisch wurde. Ich sorgte mich umsonst. Sie stand schon längst neben Gale und schenkte ihm ein warmes Lächeln, ehe sie eine leise Unterhaltung mit ihm begann. Also blieb noch genug Zeit, um mein inneres Chaos in den Griff zu bekommen.

Was zur Hölle war nur mit mir los? Noch nie hatte ich in dieser Weise an Josh gedacht. Er und ich vor dem Traualter, mein bester Freund, der mich voller Hingabe und Begierde ansah …

Beunruhigt erinnerte ich mich an die kurze Szene von vorhin, als er mich um ein Haar geküsst hätte. Ihm körperlich so nahe zu kommen, nachdem ich mir endgültig eingestanden hatte, dass eine Beziehung zu Kyle nur reines Wunschdenken bleiben würde, schien irgendeinen geheimen Schalter in mir umgelegt zu haben. Statt Joshs Nähe unbefangen anzunehmen, wie sonst auch, spürte ich auf einmal Dinge, die man bei seinem besten Freund nicht spüren sollte. Leider konnte ich nicht leugnen, diesen kurzen Moment der Intimität genossen zu haben.

Dieser Wandel ängstigte mich zu Tode. Was sollte ich tun, wenn diese Anziehung, die er so unvermutet auf mich ausgeübt hatte, nicht nur ein kurzes Strohfeuer war? Wenn diese Empfindungen immer wiederkamen, sich festigten? Sollte das passieren, dann brauchte es gar keine Vanessa, um die Beziehung zu Josh zu gefährden. Ich würde das, was wir hatten, ganz allein ruinieren, denn wie sollte man unbefangen mit jemandem umgehen, wenn man bei dessen Anblick ein feuchtes Höschen bekam?

Ich lasse das nicht zu!

Plötzlich stand Shannon neben mir und drückte kurz meinen Arm. „Hey, alles klar bei dir?"

Gar nichts war klar, doch ich lächelte meine Sorgen weg. „Natürlich, wieso auch nicht."

Sie wirkte nicht ganz überzeugt und beäugte mich eingehend. „Wenn du meinst … Falls du aber reden möchtest, dann ruf mich an. Ich bin immer für dich da. Okay?"

„Mach dir mal wegen mir keine Gedanken", erklärte ich mit fester Stimme, wild entschlossen, die letzte halbe Stunde aus meinem Gedächtnis zu verbannen. Egal, was es mich kostete, ich würde mich für Josh freuen und damit nicht nur Shannon, sondern auch mir selbst beweisen, dass dieses kurze erotische Flackern zwischen meinem besten Freund und mir nichts zu bedeuten hatte.

„Also gut, aber wenn du doch jemanden brauchst, dann weißt ja, wie du mich erreichst."

Sie lächelte unverbindlich und ging zurück an Gales Tisch. Wahrscheinlich war sie beleidigt. Es lag nie in meiner Absicht, sie zu kränken. Sie wollte ja nur helfen, merkte aber nicht, wann sie die Grenzen der Hilfsbereitschaft überschritt. Nun ja, wenigstens hatte ich jetzt meine Ruhe.

Froh darüber, mir ein weiteres Kreuzverhör erspart zu haben, fuhr ich mit meiner Arbeit fort, da die nächsten Gäste im Restaurant einfielen. So kam ich vor lauter Hektik gar nicht dazu, lange über Josh und mich nachzudenken. Ich wollte einfach nur alles so belassen, wie es war, und mich nicht in komplizierte Gefühle verstricken, die sogar noch aussichtsloser sein würden als meine Schwärmerei für Kyle.

Kapitel 4

Nur noch eine Stunde und das Restaurant würde schließen. Bis auf die Eleanor und Margaret, die beiden Whitcomb-Schwestern, befanden sich keine Gäste mehr im Lokal. Erleichtert atmete ich durch und freute mich auf den verdienten Feierabend. Heute Nachmittag gegen drei war eine ganze Horde Gäste eingefallen. Zu dem normalen Betrieb, der unter der Woche herrschte, mussten wir auch noch die Reisenden eines Busses aus Roseville bewirten, der aufgrund einer Panne in Harmonville pausieren musste. Die Wartezeit vertrieben sich die Leute bei Kaffee und Kuchen. An sich ein lukrativer Nachmittag, doch wir waren auf so viele Gäste personell nicht eingestellt. Jenny hatte heute frei und war so kurzfristig nicht erreichbar. So musste ich die Massen allein bewältigen, während Shannon in der Küche schwitzte. Ich machte drei Kreuze, als sich das Lokal endlich leerte, und fühlte mich wie erschlagen. Auch Shannon wirkte erschöpft, als sie einen kurzen Blick aus der Küche warf, um die Lage zu checken. Ich lief zu ihr und lächelte sie an.

„Netty und Eleanor sind die Letzten“, teilte ich ihr mit.

„Gott sei Dank!“ Diese Aussage kam aus tiefstem Herzen, was ich nun doch ein wenig erstaunt zur Kenntnis kam. Shannon kannte noch nicht mal die Bedeutung des Wortes Feierabend, doch in letzter Zeit schien sie ihn geradezu herbeizusehnen. Jetzt fielen mir auch die Schatten unter ihren klaren grünen Augen auf.

„Du wirkst ein wenig abgespannt“, stellte ich fest und musterte sie kritisch. „Ist bei dir alles in Ordnung, Shannon?“

Auch wenn sie sich nur zu gerne in das Leben anderer einmischte, konnte sie das bei sich gar nicht leiden. Sie fühlte sich bereits durch diese harmlose Frage bedrängt, das sah ich ihr an der Nasenspitze an. Ihr Blick wanderte unstet umher, damit sie mir nicht in die Augen sehen musste. Aha …

„Nein, alles prima", meinte sie und lächelte gezwungen.

Nun war ich mir sicher, dass sie etwas beschäftigte. Vielleicht ging es um Gale. Die beiden kamen sich immer näher und eventuell dachte sie ernsthaft darüber nach, ihn in ihr Leben zu lassen. Da sie Männern gegenüber stets sehr zurückhaltend blieb, konnte es durchaus sein, dass sie das beschäftigte, doch bevor ich genauso nervig wurde wie sie, wechselte ich das Thema und deutete mit einer kurzen Handbewegung auf die Whitcomb-Schwestern.

„Ich werd die beiden mal fragen, ob sie noch was bestellen wollen, und dann langsam aufräumen."

Die beiden saßen im hinteren Bereich des Restaurants, damit sie die Rückwand mit den Bildern ansehen konnten, während sie ihren Kuchen genossen. Shannon hatte die wunderbare Idee gehabt, die Wand mit unzähligen Bildern unserer Stadt zu schmücken. Straßen, die sich im Lauf der Jahre verändert hatten, dazu Fotos von Menschen, aktuelle und viele, die schon etliche Jahre alt waren. Farbbilder wechselten sich mit alten Schwarz-Weiß-Fotografien ab. Jeder, der ein Bild besaß, das er mit den anderen teilen wollte, durfte es an Shannons Wand aufhängen.

Auf diese Weise war in den letzten Jahren eine wunderbare fotografische Stadtchronik entstanden. Sozusagen ein Stück Geschichte, und immer wenn ich eine freie Minute hatte, betrachtete ich die Bilder und fragte mich, welches ich eines Tages zu dieser Sammlung beisteuern würde. Ich konnte mich nicht entscheiden und zögerte es immer wieder hinaus.

„Sagst du mir Bescheid, wenn sie nichts mehr möchten? Dann kann ich schon mal anfangen, den Herd zu putzen."

„Klar, mach ich", antwortete ich und lief auf den Tisch zu, an dem Eleanor und Margaret Whitcomb saßen.

Ich mochte die beiden unheimlich gern. Sie strahlten so etwas Liebenswürdiges und Mütterliches aus, man musste sich in ihrer Gesellschaft einfach wohlfühlen. Abgesehen davon führten sie ein völlig emanzipiertes und männerfreies Leben. Keine der beiden hatte je geheiratet und sie lebten zusammen im Haus ihrer längst verstorbenen Eltern. Gemeinsam gealtert, schienen sie nicht viel zum Glücklichsein zu brauchen, außer der Gesellschaft der anderen und jeden Tag ein Stück von Shannons Apfelkuchen.

Während ich mich ihnen näherte, musterte ich sie unauffällig. Noch wirkten sie sehr rüstig. Mit knapp siebzig – Shannon meinte, beide wären gerade mal ein Jahr auseinander – hatten sich beide prima gehalten und sahen dank ihrer gepflegten Erscheinung auch einige Jahre jünger aus.

„Kann ich euch noch was bringen?"

Margaret, die von allen nur Netty gerufen wurde, sah von dem Buch auf, in dem sie gerade las, während ihre Schwester ein Kreuzworträtsel löste. Sie grinste mich verschwörerisch an.

„Also, wenn du mich schon so nett fragst, Kleines, dann hätte ich gerne noch ein Stück von eurem leckeren Kuchen und ein Glas Milch dazu."

„Und du, Eleanor?"

Sie sah auf. „Für mich nichts mehr", antwortete sie und lächelte verschmitzt. Ihr hellhäutiges Gesicht legte sich dabei in tausend kleine Falten und die blassblauen Augen glitzerten vergnügt. Mit dem sorgfältig am Hinterkopf festgesteckten schlohweißen Haar und der feinen Lesebrille, die auf ihrer Nasenspitze saß, wirkte sie wie eine gütige Märchentante. Das Alter hatte sie reifen lassen, doch noch immer konnte man erkennen, was für eine wunderschöne Frau sie in ihrer Jugend gewesen sein musste. Kaum zu fassen, dass weder sie noch ihre Schwester jemals geheiratet hatten. Ob ich auch mal so enden würde? Ohne Mann und ohne eigene Familie?

Netty und Eleanor hatten ja wenigstens einander, sie fühlten sich sicher nicht einsam. Der Vorteil, wenn man mit Geschwistern aufwuchs, die ich nun mal nicht hatte. Josh ersetzte mir den Bruder und wenn er selbst eine Familie gründete, dann würde ich die erste Zeit sicher sehr allein sein. Was würde aus unserer Freundschaft werden, wenn ich jetzt anfing, Gefühle für ihn zu entwickeln, die zwischen uns eigentlich nichts zu suchen hatten?

Auch wenn ich mir Mühe gab, das vor mir selbst herunterzuspielen, spürte ich doch, dass sich hinter dem Kribbeln in seiner Nähe mehr verbarg, als ich mir das eingestehen wollte. Meine Empfindungen für ihn wandelten sich. Zwar langsam, aber allein dieser kurze Moment auf seinem Schoß hatte gewaltigen Eindruck bei mir hinterlassen. Ich konnte nur noch an seinen verführerischen Mund dicht vor meinem denken sowie an seine starken Arme und den berauschenden Duft seines Aftershaves. Meine Sinne waren zum Leben erwacht und jeder einzelne nahm die erotische Anziehungskraft wahr, die er auf mich ausübte, bis die sintflutartigen Reize mich ganz und gar vereinnahmten.

Er würde es irgendwann merken. Ich war nicht gut darin, mich zu verstellen, und sobald er diese Veränderung wahrnahm, würde er sich von mir zurückziehen, um diese Gefühle nicht noch zu forcieren und vor allem, um keinen Ärger mit Vanessa zu riskieren. Sollte dieser Fall eintreten, konnte es mir durchaus passieren, dass ich eines Tages ganz allein dastand. Meine Eltern würden auch nicht ewig leben und die wenigen Freundinnen, die ich hatte, sah ich jetzt schon kaum, da sie alle mit ihrem eigenen Leben beschäftigt waren. Mir wurde noch einmal schmerzhaft bewusst, wie abhängig ich mich von Josh gemacht hatte.

„Ist was, Kleines? Du zitterst ja", fragte Eleanor besorgt und griff nach meiner Hand.

Entschlossen schüttelte ich diese übertrieben negativen Gedanken ab. In meinem Alter musste ich mich wirklich noch nicht verrückt machen. Mein ganzes Leben lag noch vor mir und natürlich würde ich irgendwann einen netten Kerl kennenlernen, mich verlieben und heiraten. Dieser Mann würde sicher nicht Kyle sein, erst recht nicht Josh, aber ich würde auch nicht als alte Jungfer enden. Ich neigte nur dazu, mich hin und wieder selbst zu bemitleiden und mutierte dann zur Dramaqueen.

„Nein, nein, alles gut", beruhigte ich Ellie und löste meine Hand sanft aus ihrem Griff. „Ich bin heute nur ein wenig neben der Spur. Keine Ahnung, was mit mir los ist."

Netty wurde sofort hellhörig. „Oh, hast du Kummer, Liebes?" Sie warf einen kurzen Blick zu ihrer Schwester. „Ich wette, es geht um einen Mann."

Ihre helle Fistelstimme erinnerte mich immer an ein kleines Mäuschen. Ein Mäuschen, das es faustdick hinter den Ohren hatte, denn auch sie gehörte zu der „Wie bringen wir Josh und Kelly am besten zusammen?"-Fraktion. Und wenn Netty Whitcomb sich etwas in den Kopf setzte, dann ließ sie nicht locker, bis sie ihr Ziel erreicht hatte. Oft zum Leidwesen ihrer viel ruhigeren Schwester Eleanor, die immer etwas zurückhaltender agierte und alles in die Hände einer höheren Gewalt legte. Netty hingegen neigte zu Kurzschlusshandlungen, was ihr in ihrer Jugend den Ruf einer Draufgängerin eingebracht hatte.

In der damaligen von Männern dominierten Welt sicherlich eine Besonderheit. Ich räusperte mich angelegentlich.

„Meine Stimmung hat nichts mit einem Mann zu tun“, log ich und hörte selbst den gehörigen Frust heraus, der in meiner Stimme mitschwang.

Netty spitzte die Lippen, betrachtete mich eingehend und glaubte mir hundertprozentig kein Wort. Ich zupfte an meiner Schürze und kaute angespannt auf der Innenseite meiner Wangen herum. Wenn sie jetzt auch noch mit Josh anfing, würde ich einen Schreikrampf bekommen. Prompt erhielt ich die Gelegenheit dazu.

„Ich glaube dir nicht, Liebes. Hast du dich vielleicht mit Josh gestritten? Wenn ja, dann tu so, als hätte er recht und lass ihn in dem Glauben“, riet sie mir weise. „Die Männer merken das in der Regel sowieso nicht und du hast deinen Frieden.“

Warum glaubten nur alle, zwischen mir und Josh bestünde mehr als nur eine innige Freundschaft?

Weil es so ist, flüsterte mir diese lästige kleine Stimme zu. Sie klang noch recht scheu, aber sie nahm an Kraft zu und irgendwann würde sie laut brüllend durch meinen Kopf hallen, wenn ich kein Mittel fand, um sie zum Schweigen zu bringen.

Verzweifelt versuchte ich, einen lässigen Eindruck zu machen, was sich angesichts der Scharfsinnigkeit dieser älteren Damen ziemlich schwierig gestaltete.

„Josh und ich hatten keinen Krach.“

Das zumindest entsprach der Wahrheit. „Im Gegenteil, wir verstehen uns blendend. Ich werde morgen Abend mit ihm und Vanessa zu Abend essen“, fügte ich hinzu.

Diese Information behagte ihr offensichtlich gar nicht. Nettys Grinsen fiel schlagartig in sich zusammen.

„Ach … tatsächlich?“, meinte sie lahm und blickte ein wenig ratlos zu ihrer Schwester, die diese Unterhaltung stumm verfolgte.

„Aber ja doch, Josh und ich streiten nie." Mit verschwörerischer Miene beugte ich mich zu den beiden hinunter. „Ich bin mir sicher, es dauert nicht mehr lange und er wird Vanessa die Frage aller Fragen stellen."

Eleanor setzte sich abrupt auf und überwand ihre Einsilbigkeit schlagartig. „Das ist doch nicht möglich! Josh macht einen riesigen Fehler."

Selten genug, dass sie sich zu was äußerte, aber wenn sie mal den Mund aufmachte, dann kamen eigentlich nur kluge Sätze raus. Insgeheim stimmte ich ihr zu, doch ich hätte mir eher die Finger abgehackt, als das zuzugeben.

„Er kann ihr keinen Antrag machen, vollkommen unmöglich." Nettys Äußerung brach mit einer Vehemenz aus ihr heraus, die mich erstaunte.

„Wieso denn nicht?"

Ihr nachsichtiges Lächeln traf mich nicht so sehr wie ihr nächster Satz. „Aber Kleines, das weißt du doch. Deinetwegen natürlich, oder denkst du, dass Shannons Blick für Liebespaare ausgerechnet bei euch versagt? Ihr seid doch perfekt füreinander, jeder in der Stadt weiß das, auch wenn ihr zwei das noch nicht kapiert habt."

Selig sind die Blinden, dachte ich ironisch und schluckte den Schock, der sich wie ein riesiger Klumpen in meinem Hals anfühlte, hinunter.

„Ihr glaubt doch nicht wirklich an diesen Quatsch?", fragte ich ehrlich verblüfft und warf einen raschen Blick zur Tür. Musste ja nicht sein, dass Shannon live miterlebte, wie ich ihre *Wahrsagekünste* verbal in Grund und Boden stampfte.

„Ernsthaft, das sind doch nur Ammenmärchen. Nur weil die Caspary-Frauen hin und wieder recht behalten haben, bedeutet das nicht zwangsläufig, dass es bei mir und Josh genauso ist."

Lüg dich doch nicht selbst an, flüsterte mir mein Gewissen zu.

Ich ignorierte diese innere Stimme und fuhr fort, Ellie und Netty vom Gegenteil zu überzeugen. „Shannon irrt sich, und weil sie das nicht zugeben kann, reitet sie ständig darauf rum.“

Hoffentlich glaubten mir die beiden Schwestern, denn ich zweifelte ja selbst an meinen eigenen Worten. Bisher konnte ich Shannons Überzeugung, aus mir und Josh das neueste Traumpaar zu formen, guten Gewissens als Unsinn abstempeln. Nach Joshs heutigem Besuch musste ich damit zurechtkommen, dass sie alle wohl nicht so falsch lagen, weil ich Dinge für ihn zu fühlen begann, die so gar nichts Freundschaftliches an sich hatten. Ich konnte es nicht leugnen. Obwohl ich heute alle Hände voll zu tun gehabt hatte, waren meine Gedanken immer wieder zu ihm abgeschweift und jedes Mal spürte ich ein warmes Zittern tief in meinem Bauch. Als würde ein ganzes Bienenvolk dort eine Versammlung abhalten und wild surrend darin herumfliegen.

Bei jeder anderen Frau hätte ich das als unmissverständliche Zeichen gedeutet, doch ich wehrte mich mit aller Kraft dagegen. „Egal, was ihr alle zu wissen glaubt, es ändert nichts an der Tatsache, dass Josh mit Vanessa zusammen ist, und das wird sich so schnell auch nicht ändern. Damit sollten wir uns alle abfinden.“

Das sagte ich mit allem Nachdruck, den ich aufbringen konnte, um jeglichen Widerspruch im Keim zu ersticken. „Ich hol den Kuchen und die Milch“, fügte ich hinzu und wollte mich schon auf den Weg in die Küche machen.

„Lass nur, Kleines, ihr schließt ja ohnehin bald und ich sollte ein wenig auf meine Linie achten“, sagte Netty und tätschelte ihr winziges Wohlstandsbäuchlein. Sie verhielt sich, als hätte diese Unterhaltung eben niemals stattgefunden. Da auch Eleanor nichts mehr bestellen wollte, bezahlten sie die Rechnung und verließen das

Restaurant, ohne sich von Shannon zu verabschieden, so eilig hatten sie es auf einmal.

Schulterzuckend räumte ich den Tisch leer und teilte Shannon mit, dass Ellie und Netty das Lokal verlassen hatten. Danach machte ich klar Schiff und fieberte dem Ende meiner Schicht entgegen. Die Zeiger der altmodischen Standuhr in der Ecke krochen unaufhaltsam auf Ladenschluss zu. Nur noch fünf Minuten.

Shannon kam aus der Küche und legte ihre Schürze ab. „Ich geh noch auf die Bank, wir brauchen Wechselgeld für morgen“, teilte sie mir mit und legte sich ihre dünne Strickjacke über die Schulter.

„Okay, ich halte hier die Stellung und vergraule jeden Kunden, der es wagt, um diese Zeit noch reinzukommen“, scherzte ich.

Sie grinste und verschwand durch die Tür.

Ich säuberte gerade die Kaffeemaschine, als die Türglocke die Ankunft eines weiteren Gastes ankündigte. Großartig, zwei Minuten vor sechs tauchte noch jemand auf. Da Shannon darauf bestand, dass jeder Kunde, der vor der offiziellen Schließung das Restaurant betrat, auch bedient wurde, drehte ich mich mit einem professionellen Servicelächeln auf den Lippen um. Das erstarb sofort, denn ich blickte direkt in Vanessa Larsons überheblich verzogene Visage und auf ihre makellos gestylte Gestalt.

Wie immer sah sie aus, als wäre sie geradewegs einem Modemagazin entstiegen. Eine weiße Sommerhose, kombiniert mit knallroten Ballerinas, um ihre üppigen Brüste schmiegte sich ein Top im Farbton ihrer Schuhe. Sogar den Nagellack und den Lippenstift hatte sie darauf abgestimmt. Auf einmal fühlte ich mich total schäbig in meinen alten Jeans und dem schlichten grünen T-Shirt.

Sie trat ein paar Schritte näher und schenkte mir dieses katzenhafte Lächeln, das mir immer diese unangenehmen Kälteschauer bescherte.

„Kelly … ich bin froh, dich noch hier anzutreffen." Affektiert strich sie sich durch die weizenblonden Locken.

Ich musste gestehen, dass ich ein wenig neidisch wurde. Ihr Haar wirkte nie übertrieben gestylt, sondern schien über einen natürlichen Schwung zu verfügen. Große Wellen, die sich voluminös um ihr schmales Gesicht bauschten. Kombiniert mit ihrer leicht gebräunten Haut und dem strahlenden Zahnpastalächeln sah sie aus wie ein kalifornisches Beachgirl oder wie jemand, der gerade einen entspannenden Urlaub in der Karibik verbracht hatte. Ihre überaus freundliche Begrüßung irritierte mich allerdings und ich gab mir keine Mühe, mein Missfallen zu verbergen.

„Das Restaurant hat noch nicht geschlossen, natürlich bin ich noch hier", antwortete ich unfreundlich.

Vanessa lachte geziert, dann verlor sich ihre aufgesetzte Fröhlichkeit und sie zeigte ihr wahres Wesen.

„Na gut, da du keinen Wert auf Höflichkeit legst, muss ich mich auch nicht mehr anstrengen."

Sie musterte mich aus zusammengekniffenen Augen. Die Temperatur im Raum sank um gefühlte fünf Grad, zumindest kam es mir so vor, und noch während sie mich schweigend musterte, wurde mir diese ganze Sache zu blöd.

„Was willst du, Vanessa?"

Ihr dünnes Lächeln erinnerte mich an eine giftige Viper. „Ich bin auf jeden Fall nicht hier, um Nettigkeiten auszutauschen. Ich möchte dir gerne etwas mitteilen."

Ihr Ton ging mir gegen den Strich. Ebenso die Geringschätzigkeit, mit der sie mich musterte. Vor allem meine Schürze schien ihr Missfallen zu erregen, denn sie verzog verächtlich das Gesicht, als ihr Blick darüber hinwegglitt. Ein wenig irritiert sah ich an mir herunter und entdeckte einen Kaffeefleck auf dem ansonsten makellosen Weiß. Meine Güte, es gab wirklich Schlimmeres. Während ich die Arme vor der Brust verschränkte, hob ich meine rechte Augenbraue.

„Und was gibt es so Dringendes, dass du zuerst *mich* beehrst, bevor du zu Josh gehst?“

Ihre Antwort bestand aus einem übertriebenen Zuckerwattelächeln, das sie immer dann aufsetzte, wenn sie die Unschuld spielen wollte.

„Oh, ich wollte dir nur raten, die Finger von Josh zu lassen. Du kannst dir sicher denken, dass es mir stinkt, dass er so viel Zeit mit dir verbringt. Immerhin warst du ganz praktisch, um andere Frauen von ihm fernzuhalten, aber jetzt haben sich die Dinge geändert und ich werde mich selbst um ihn kümmern.“

Ich nahm sie nicht ernst und lächelte sie spöttisch an. „Soso, wirst du das.“

Wieder schenkte sie mir ein Lächeln, triefend vor Selbstzufriedenheit. „Genau das habe ich vor. Also bleib in Zukunft weg von ihm. Josh ist leider viel zu weichherzig, um das zu tun, obwohl er mir erzählt hat, wie lästig er es findet, sich jedes Mal bei dir rechtfertigen zu müssen, wenn er mal Zeit mit mir verbringen möchte.“

Eiseskälte ergriff Besitz von mir. *Genau wie heute,* schoss es mir durch den Kopf. Ich erinnerte mich an seinen um Verständnis heischenden Blick, seine Zerknirschung, als er meine Enttäuschung bemerkte, nachdem er unsere Verabredung abgesagt hatte. Ging ihm das auf die Nerven? Vielleicht hatte Vanessa recht und er wollte einfach unbefangen seine Liebe zu ihr genießen. Nur wie sollte er das, wenn er sich quasi in zwei Hälften reißen musste, um allen gerecht zu werden?

Vanessa kräuselte die perfekt geschminkten Lippen. „Ich sehe schon, du verstehst, was ich dir damit sagen will. Stell dir nur vor, er hat Mitleid mit dir, weil er befürchtet, du könntest ohne ihn zur Einsiedlerin werden."

Was diese dumme Kuh von sich gab, schmerzte, denn sie sprach meine eigenen Befürchtungen aus. Hektisch zirkulierte mein Blut durch meine Venen und sammelte sich als brodelnder Sud in meinem Gehirn.

„Wie kommst du darauf, dass es mich interessiert, was du willst?", schoss ich zurück. „Du bist wirklich unglaublich. Bist die ganze Zeit weg und fliegst in der Weltgeschichte herum, und dann bist du sauer, weil er sich mit Menschen umgibt, denen er vertraut und die im Gegensatz zu dir wirklich Zeit mit ihm verbringen. Seit Monaten treibst du dieses Spiel schon und sobald du fröhlich winkend auf Reisen gehst, darf ich ihn wieder aufbauen, weil er wegen den ständigen Trennungen Frust schiebt."

Ein bitterböser Zug machte aus Vanessas Gesicht eine diabolische Fratze. „Reiß mal den Mund nicht so weit auf, Schätzchen", fauchte sie. „Josh wusste von Anfang an, dass ich die meiste Zeit unterwegs bin. Die Einzige, die eine große Sache daraus macht, bist du. Gib zu, du stirbst doch vor Neid, weil er dich niemals so sehr vermissen würde wie mich. *Ich* bin sein Ein und Alles, du bist nur das Mädchen, mit dem er ab und zu abhängt."

Sie unterschätzte die Bindung, die zwischen mir und Josh bestand, oder sie nahm einfach zu wenig Anteil an seinem Leben, um die besondere Freundschaft zwischen uns zu verstehen.

Stolz hob ich das Kinn. Von der würde ich mich nicht in die Ecke drängen lassen. „Du solltest mich ein bisschen ernster nehmen, Vanessa. Josh hatte schon vor dir Freundinnen, und wie du siehst, sind die schon längst Geschichte, aber ich bin immer noch hier."

Okay, das klang ein klein wenig pathetisch, doch ich konnte mir diese Bemerkung einfach nicht verkneifen.

Vanessa blieb gelassen. „Gegen mich kannst du nicht gewinnen, Schätzchen, und bitte …“, sie verdrehte die Augen, „… vergleich mich nicht mit diesen Provinzschönheiten, mit denen er bisher zusammen war. Im Gegensatz zu euch habe ich Klasse und Erfahrung im Umgang mit Männern aller Gesellschaftsschichten. Josh ist Wachs in meinen Händen. Zieh dich lieber freiwillig zurück, dann behältst du wenigstens noch deinen Stolz.“

Ich hasste die Angst, die sie in mir schürte. Ich hasste sie wirklich, war aber nicht bereit, auch nur einen Millimeter nachzugeben. „Du spinnst, wenn du auch nur für eine Sekunde annimmst, ich könnte mich von ihm abwenden, nur weil dir auf einmal einfällt, dass du einen Freund hast.“

Schritt für Schritt bewegte ich mich auf sie zu und versuchte gar nicht erst, den Ärger in meiner Stimme zu zügeln. Sie wich tatsächlich vor mir zurück und zum ersten Mal überhaupt fühlte ich mich ihr überlegen. Damit meine nächsten Worte auch bleibenden Eindruck hinterließen, baute ich mich vor ihr auf und setzte eine extra entschlossene Miene auf.

„Hör mir gut zu, Vanessa. Josh ist mein bester Freund und solange ihm was an mir liegt, werde ich weiter an seiner Seite bleiben. So was machen gute Freunde nämlich.“

Vanessa verzog schmollend den Mund. „Na gut, wenn du unbedingt auf die Nase fallen willst, dann lassen wir es einfach darauf ankommen.“

Für den Moment zog sie die Krallen ein, jedoch nur, um sie zu schärfen und dann umso rücksichtsloser zurückzuschlagen. Ihr blasierter Gesichtsausdruck war unerträglich, ebenso die Arroganz in ihrem Ton. „Red dir nur weiter ein, du hättest eine Chance gegen mich. Du wirst schon bald merken, wer ihm wichtiger ist, und ich habe noch ein Ass im Ärmel.“

„Ach ja?“ Trotz meines spottenden Tonfalls fühlte ich Unsicherheit in mir aufsteigen.

„Eigentlich wollte ich mir diese Nachricht für später aufsparen, aber du kannst es genauso gut jetzt erfahren. Ich werde meinen Job an den Nagel hängen und meine Wohnung in Santa Rosa aufgeben, um zu Josh zu ziehen. Die Fliegerei und das ewige Reisen gehen mir auf die Nerven. Es wird Zeit, sesshaft zu werden.“ Ihr Lächeln vertiefte sich.

Nun machte *sie* einen Schritt auf mich zu, bis sie so nah vor mir stand, dass ich ihr schweres Parfum riechen konnte. *Poison* von Dior. Wie passend. Vanessa besaß den Charakter einer giftigen Natter.

„Sag mir, Kelly, wie lange wird es wohl dauern, bis ich dich aus seinem Leben verdrängt habe? Einen Monat, ein halbes Jahr?“

Sie klang verspielt und so was von sich überzeugt, dass ich hart schlucken musste.

„Du irrst dich, Josh wird immer mein Freund bleiben“, widersprach ich und hielt ihrem Blick stand. Ihre blauen Augen glitzerten, ein extrem helles Blau. Neutral betrachtet waren sie wunderschön, doch ihrem Blick fehlte es an Tiefe, an Wärme. Wie hatte er nur so intensive Gefühle für so eine eiskalte Frau entwickeln können?

„Doch, doch, es wird passieren“, bekräftigte sie und schien sich ihrer Sache sehr sicher zu sein. „Ich werde ihn so in Beschlag nehmen, dass für dich keine Zeit mehr bleibt. Und irgendwann wird die Entfremdung so groß werden, dass es ihm egal sein wird, ob ihr Freunde seid oder nicht. Und bis dahin …“, sie seufzte übertrieben, „werde ich dich einfach ertragen und so tun, als wäre ich deine beste Freundin.“ Wieder dieses widerwärtige zuckersüße Grinsen. „Wir sehen uns, Kelly. Grüß Shannon von mir.“

Schwungvoll drehte sie sich um und lief meiner Chefin direkt in die Arme. Shannon trat gerade wieder durch die Tür und bekam so Vanessas Abgang noch mit. Die rauschte grußlos an ihr vorbei und würdigte Shannon keines Blickes. Ihr Verhalten zeigte ganz klar, wie wenig Achtung und Anstand sie anderen Menschen entgegenbrachte. Wenn ihr eine Person nicht nützlich erschien, wurde sie mit Nichtachtung gestraft. Je besser ich sie kennenlernte, umso unsympathischer wurde sie mir. Unfassbar, dass so eine Frau in Zukunft Joshs Leben teilen sollte. Ich hätte weinen können bei dieser himmelschreienden Ungerechtigkeit.

Shannon kam stirnrunzelnd auf mich zu und deutete durchs Schaufenster auf Vanessa, die gerade in ihren roten Sportwagen stieg. „Was ist denn in die gefahren? Sie sieht aus, als wäre sie auf dem Kriegspfad."

Ich zuckte mit den Schultern. „Nichts weiter. Du kennst sie doch. Eine Dramaqueen durch und durch. Sie steht einfach darauf, hin und wieder die Diva raushängen zu lassen."

Shannon kaufte mir meine Lässigkeit ganz sicher nicht ab, aber sie spürte wohl, dass ich ein Verhör momentan nicht durchstehen würde, und ließ es auf sich beruhen.

„Hör mal, du siehst ein bisschen geschafft aus", meinte sie fürsorglich. „Geh nach Hause und ruh dich aus. Ich kann das Restaurant auch allein aufräumen."

„Bist du sicher?" Ich wollte nichts lieber, als mich daheim zu verkriechen und meine Wunden zu lecken.

„Aber klar. Du hast ja schon das meiste gemacht, der Rest wird nicht viel Zeit in Anspruch nehmen."

Manchmal musste man einfach egoistisch sein und ein so willkommenes Angebot annehmen. „Okay, dann hol ich mein Zeug und verschwinde."

„Mach das. Husch, husch … bevor ich es mir anders überlege."

Shannon zwinkerte mir freundschaftlich zu und begab sich hinter die Theke.

Ich räumte noch meine Putzsachen auf und holte aus dem kleinen Aufenthaltsraum meine Handtasche.

Shannon, die meinen Platz am Kaffeeautomaten eingenommen hatte, winkte mir noch zu. „Bis morgen und halt die Ohren steif."

Erleichtert verließ ich das Restaurant und machte mich zu Fuß auf den Heimweg. Ich lief die Hauptstraße entlang und genoss den Schatten der Bäume, die alle paar Meter am Straßenrand standen. Links von mir reihten sich die Geschäfte aneinander. Der Friseurladen von Trudy Stiles zum Beispiel, in deren Schaufenster noch immer die Abbildungen von diesen ätzenden Föhnfrisuren aus den späten Achtzigern hingen, schon längst verblichen und nicht sonderlich schön anzusehen. Direkt im Anschluss kam die zauberhafte Confiserie von Danielle Harris, die mit ihren köstlichen Kuchen, Keksen, Torten und Pralinen regelmäßig meinen Blutzuckerspiegel in die Höhe trieb. Vor allem ihr Konfekt war über die Stadtgrenzen hinaus bekannt; sie beherrschte ihr Handwerk als Konditorin und Chocolatier wie keine andere. Mit ihrem instinktiven Gespür für die perfekten Mischungen spielte sie mit den Zutaten wie ein Geigenvirtuose auf seiner Stradivari.

Ich konnte nicht widerstehen und warf einen Blick in die Auslage. Hm, da waren sie ja wieder … diese unglaublich leckeren Schokohaselnusspralinen mit Nougatfüllung. Genau das Richtige, um mir den einsamen Abend zu versüßen.

Spontan betrat ich das *Sweet Sins* und fühlte mich wie Alice im Wunderland. Rosa Stofftapeten mit elfenbeinfarbenen Bordüren, dazu die durchweg weiße Ladenausstattung, in der liebevoll dekoriert die süßen Köstlichkeiten präsentiert wurden. Ganz besonders schön und nostalgisch fand ich die altmodische Kasse, die so wunderbar bimmelte, sobald man sie aufzog.

Ich musste nicht lange warten, da kam Danielle auch schon aus dem Nebenraum. Ihr über und über mit niedlichen Sommersprossen besprenkeltes Gesicht verzog sich zu einem erfreuten Lächeln, sobald sie mich erblickte.

„Hey Fremde … du warst ja schon ewig nicht mehr hier."

Sie sah so hübsch und adrett aus in ihrem hellgrünen Sommerkleid. Es war der perfekte Kontrast zu ihrem tizianroten Haar. Wenn sie bei Sonnenschein durch die beschaulichen Straßen von Harmonville lief, sah es aus, als trüge sie ein loderndes Flammenmeer auf dem Haupt. Sie kam sofort um die Theke herum auf mich zu. Unwillkürlich verzogen sich auch meine Lippen zu einem Lächeln. Wenn man auf Danielle traf, schien der Begriff „schlechte Laune" nicht zu existieren. Alles an ihr verströmte heitere Fröhlichkeit.

Dany drückte mich an sich, ich spürte ihre weichen Formen, ehe sie einen Schritt zurücktrat und mich anstrahlte. „Was kann ich für dich tun?"

Mit dem Daumen deutete ich über meine Schultern. „Ich hab die Haselnusspralinen in der Auslage entdeckt und konnte nicht vorbeilaufen. Packst du mir welche ein?"

Sie grinste spitzbübisch. „Aber klar doch." Geschäftig lief sie hinter die Theke und nahm die filigrane Zange zur Hand, um die Pralinen in die Tüten zu häufen. Sie wurden extra von einer Papeterie in Santa Rosa für sie hergestellt und trugen allesamt das Logo des *Sweet Sins* auf zartrosa bedrucktem Papier.

„Wie viel Gramm willst du denn?"

„Mach die ganze Tüte voll", erwiderte ich gierig und sie sah grinsend hoch.

„Zum Glück bin ich nicht die einzige Süchtige", erklärte sie und strich sich seufzend über ihre wohlgerundete Hüfte. Dick war sie nicht, noch nicht einmal mollig, dennoch glaubte sie felsenfest daran, sie hätte mindestens zehn Pfund zu viel auf den Hüften, was sich aber keineswegs auf ihre Attraktivität auswirkte, da sie eine unglaublich schmale Taille besaß und dazu einen üppigen, aber strammen Busen. Eine Kombination, die fast jeden Mann ansprach. Danielle hatte keinen Mangel an Verehrern, und mit einer superschlanken Figur hätte sie ihren ganz besonderen Charme eingebüßt. Sollte sie jemals auf die Schnapsidee kommen, eine Diät zu machen, würde ich sie eigenhändig mit flüssiger Schokolade abfüllen, um jeden Gedanken an so einen Unsinn in ihr zu ertränken.

Sie füllte das Tütchen und sah dabei beiläufig auf. „Ist heute nicht Mittwoch? Dein und Joshs Videoabend? Dann mach ich dir gleich ein paar mehr rein, sonst bleibt nichts für dich übrig."

Dany zwinkerte mir zu, während meine Laune noch ein bisschen weiter absank. „Der Videoabend fällt heute aus", erklärte ich wahrheitsgemäß und verzog ablehnend das Gesicht. „Vanessa ist in der Stadt", ergänzte ich auf ihren fragenden Blick hin.

Lustig, wie sich der Gesichtsausdruck eines jeden veränderte, sobald ich ihren Namen aussprach. Niemand konnte sie leiden. Noch nicht einmal Danielle, und die fand selbst beim schrecklichsten Menschen noch einen guten Kern. Sollte Vanessa wirklich dauerhaft nach Harmonville ziehen, würde das nicht nur für sie, sondern auch für Josh ein böses Erwachen geben. Bis jetzt hielten sich alle mit ihrer Meinung über sie zurück, doch das konnte sich ganz schnell ändern.

„Tut mir leid, dass sie dir den Abend versaut", tröstete sie mich und hielt mir mit der Zange eine Praline hin. „Hier für dich", bot sie mir an und ich fackelte nicht lange und ließ die Süßigkeit blitzschnell in meinem Mund verschwinden. Ich durchbiss die Krokanthülle und erreichte das samtig weiche Innere. Der unnachahmliche Geschmack des Nugats schmolz auf meiner Zunge und ich stöhnte genüsslich auf.

„Oh Gott, sind die gut! Für deine Pralinen lass ich jeden Kerl stehen."

„Dann solltest du Vanessa vielleicht eine Jahrespackung schenken, dann hat sie keine Zeit mehr für Josh und er sagt bestimmt keine Verabredung mit dir ab", meinte Dany trocken.

Ich bemühte mich, seine Beziehung zu ihr zu verteidigen. „So dramatisch ist das nicht. Es sind nur ein paar Filme, die kann ich mir auch allein ansehen. Was wäre ich für eine Freundin, wenn ich meinem besten Kumpel keinen Abend mit seiner Freundin gönnen würde?"

Man konnte Danielle ihre Skepsis nach dieser Aussage ansehen, doch sie war zu höflich, um mir zu widersprechen, außerdem wurde es auch für sie Zeit, das Geschäft zu schließen. Ich kramte in meiner Handtasche nach meinem Geldbeutel.

„Lass stecken, die gehen auf mich."

Erstaunt hob ich den Blick und sah ihr Lächeln.

„Das geht doch nicht", protestierte ich.

„Ich bestehe darauf. Du kannst mich doch zu einem Cocktail in Nashs Bar einladen. Demnächst ist wieder Karaokeabend. Kommst du auch?"

Große Lust dazu verspürte ich nicht, andererseits wäre es nicht verkehrt, ein wenig auszugehen, sonst mutierte ich irgendwann wirklich zu einem Eremiten. „Hm, mal schauen. Ich könnte ja für ein Stündchen reinschauen. Ich sag dir rechtzeitig Bescheid." Mit einem neutralen Lächeln nahm ich die Pralinen entgegen. „Bis dann, wir sehen uns."

Ich winkte ihr noch ein letztes Mal zu und verschwand dann durch die weiß gestrichene Eingangstür.

Zu Hause schlüpfte ich aus meinen Schuhen und ging erst mal unter die Dusche. Sich von lauwarmem Wasser berieseln zu lassen, besaß etwas enorm Beruhigendes und ich entspannte mich zusehends. Nicht nur der Schweiß und der Staub des Tages wurden fortgespült, auch alle negativen Ereignisse und Gedanken verschwammen zu einem diffusen Durcheinander, das mir nichts mehr anhaben konnte.

Danach machte ich mir eine Lasagne aus der Tiefkühltruhe warm, aß sie lustlos auf und schwor mir, nie wieder diese Fertigpampe in mich reinzuschlingen, wohl wissend, dass ich diesen Vorsatz niemals halten würde. Ich war viel zu faul, um jeden Abend frisch zu kochen. Der Aufwand hätte sich für mich allein gar nicht gelohnt und eigentlich stellte ich mich nur in die Küche, wenn Josh bei mir zu Abend aß. Womit ich gedanklich wieder bei ihm landete.

Sauer über meine Unfähigkeit, ihn aus meinem Kopf zu verbannen, schnappte ich mir die Filme und sah sie in aller Ruhe durch. Ich entschied mich für den neuesten Batman-Streifen. Ich brauchte etwas völlig Realitätsfremdes, um mich abzulenken. Mit einem Kissen auf dem Schoß und einer Schüssel Chips in Griffnähe machte ich es mir auf meiner Couch gemütlich. Doch während Christian Bale – auf den ich, nebenbei bemerkt, ziemlich abfuhr – seine Widersacher bekämpfte, schweiften meine Gedanken immer wieder zu Josh und damit automatisch zu meiner Erzfeindin.

Frustriert, weil ich einfach nicht abschalten konnte, griff ich in die Schüssel und schob mir eine neue Ladung Chips in den Mund. Missmutig kaute ich darauf herum. Die salzigen Kalorienbomben schmeckten wie Pappe, also schnappte ich mir Danielles Pralinen. Essen konnte mir das bittersüße Gefühl der Einsamkeit nicht nehmen, aber wenigstens fühlte ich mich ein wenig getröstet.

Mein Blick wanderte zu der freien Stelle auf meiner Couch. Normalerweise lümmelte Josh immer in dieser Ecke herum, wenn wir uns einen Film reinzogen und den Streifen dann nach allen Regeln der Kunst in der Luft zerrissen. Es machte uns Spaß, uns über die vorhersehbare Handlung lustig zu machen und zu erraten, was als Nächstes passieren würde. Alleine konnte mich das nicht begeistern, und selbst Christian Bales Anblick konnte ich heute nichts abgewinnen. Ich vermisste meinen besten Freund, so einfach war das.

Ob er gerade dabei war, möglichst unanständige Sachen mit Vanessas Körper anzustellen?

Mir verging der Appetit, und zwar gründlich. Angewidert stellte ich die Tüte mit den Pralinen auf dem Tisch ab und stellte mir die Frage, wie ich den kommenden Abend mit den beiden ertragen sollte. Langsam wurde es zur unumstößlichen Gewissheit, dass ich Vanessa nicht nur die Zeit neidete, die sie mit ihm verbringen durfte. Ich nahm es ihr auch übel, dass sie seine Nähe spüren durfte, die Wärme seines Körpers und die Geborgenheit, die er einem vermitteln konnte. Bei Josh fühlte ich mich sicher, vollständig. Wenn ich eines Tages darauf verzichten musste, dann würde mich das zerstören. Ich würde einfach auseinanderbrechen und er würde nicht da sein, um mich wieder zusammenzusetzen …

Kapitel 5

Josh kam am nächsten Nachmittag bei mir im Restaurant vorbei und sah nicht so aus, als würde er heute noch mal in die Werkstatt gehen. Er war frisch geduscht und trug Freizeitklamotten. Natürlich Jeans und zur Abwechslung ein weißes Kurzarmhemd, anstatt dem obligatorischen T-Shirt. Er sah gut aus, sehr gut sogar. Das brachte mich derart aus dem Konzept, dass ich sogar meinen Gast vergaß, der ja auf seinen Kaffee und ein Stück Torte wartete. Die Tatsache, dass mir Joshs Attraktivität dermaßen den Atem verschlug, versetzte mich in einen Zustand schafsgleicher Starre. Ich stand da wie eine Idiotin, den Mund halb geöffnet, und versuchte mich daran zu erinnern, wie man Buchstaben zu ganzen Worten zusammensetzte, um ein „Hallo“ herauszuwürgen.

Grinsend kam er auf mich zu und merkte gar nicht, was er in mir auslöste.

„Na, überrascht, mich zu sehen?“, zog er mich auf, weil ich stumm wie ein Fisch hinter der Theke residierte und sicher keinen sehr intelligenten Eindruck machte.

„Ähm … ja“, erwiderte ich schließlich und goss dann erst mal den dampfenden Kaffee in die Tasse meines Gastes. „Warte mal kurz“, bat ich ihn und mischte noch Zucker und Milch dazu.

„Lass dir Zeit, ich hab's nicht eilig“, erwiderte Josh und platzierte seinen Luxuskörper direkt vor der Theke. Er lehnte sich dagegen, und beobachtete mich.

Sein Haar glänzte noch leicht feucht, wie ich mit einem kurzen Seitenblick feststellte. Die dunklen Strähnen waren aus der Stirn gekämmt, und das weiße Hemd, das er zu seiner abgewetzten Jeans trug, hob die Bräune seiner Haut hervor und die Leuchtkraft seiner türkisgrünen Augen. Als sich unsere Blicke trafen, verzog er den Mund zu einem liebenswürdigen, vielleicht auch leicht erstaunten Lächeln, und mir glitt um ein Haar der Kuchen vom Tortenheber, weil meine Hand so sehr zitterte. Wahnsinn, wie er mich auf einmal aus dem Konzept brachte. Ein einfaches, alltägliches Lächeln und ich bekam Schnappatmung. Ich befand mich *wirklich* in Schwierigkeiten.

„Hast du fünf Minuten für mich oder ist es gerade ungünstig?“

„Ich bediene nur den Gast und dann hab ich ein bisschen Zeit.“

Er nickte verständig und wirkte erleichtert. Unwillkürlich machte ich mir Gedanken über den Grund seines Besuches. Wollte er mich wieder ausladen oder hatte Vanessa ihm von ihren Plänen erzählt und jetzt wollte er mir klarmachen, dass wir uns in Zukunft nicht mehr so oft sehen konnten?

Mein Verstand und mein Herz sagten mir, dass Josh niemals auf diese Weise an mich denken würde, und vor allem würde er für diese Art von Unterhaltung keinen so öffentlichen Ort wählen. Abgesehen davon war ich für Josh kein bedauernswertes Wesen, dem man hin und wieder ein paar Brocken Zuneigung zuwarf, sondern ein gleichberechtigter Partner in einer jahrelangen Freundschaft. Vanessa würde daran nichts ändern können. Sofort entspannte ich mich, lud das Tablett mit den Bestellungen voll und zwinkerte ihm zu. „Bis gleich.“

Nachdem ich meine Gäste versorgt hatte, schenkte ich mir und Josh einen Kaffee ein und setzte mich ihm gegenüber an die Theke. So hatte ich auch das Geschehen im Restaurant im Auge.

Dann wandte ich Josh meine Aufmerksamkeit zu und betrachtete ihn eingehend. Er wirkte gelöst und total entspannt, während mir die Augenringe bis zu den Knien hingen, da ich letzte Nacht nur wenig Schlaf gefunden hatte. Definitiv zu kurz für eine Frau, um im vollen Glanz ihrer Schönheit zu erstrahlen. Im Vergleich zu Josh sah ich aus wie ein Zombie. Blass, mit leicht blutunterlaufenen Augen, als hätte ich die gesamte Nacht durchgemacht.

Verlegen senkte ich den Blick und wischte die feuchten Finger an der Schürze ab. Auf einmal fühlte ich mich befangen, wusste nicht, wohin mit meinen Händen, und versuchte trotzdem, mich möglichst normal zu geben. „Was führt dich her? Hast du dir das mit dem Essen anders überlegt?"

Offenbar klang ich ein wenig zu hoffnungsfroh. Josh warf mir einen merkwürdigen Blick zu. „Wenn *du* es dir nicht anders überlegst, dann bleibt es dabei. Essen, zwanzig Uhr, bei mir."

„Miss, können Sie mir noch etwas Zucker bringen? Der Kaffee ist nicht süß genug."

Dieser Ausruf kam von einem Gast an einem der hinteren Tische. Ich kannte ihn nicht. Etwas älter, ungefähr Mitte fünfzig, sein weißes Hemd spannte sich um seinen Bauch und er trug einen dieser typischen Vertreteranzüge, die allesamt schlecht saßen. Ein unangenehmer Kerl, der hier sicher nur einen kurzen Stopp einlegte, um sich den fetten Bauch vollzuschlagen und mir auf der Nase herumzutanzen. Der Kerl hatte nichts als Extrawünsche. Seufzend glitt ich vom Hocker und schnappte mir den Zuckerstreuer.

„Warte einen Moment, ich bin gleich wieder da."

Eilig brachte ich den Zucker zu dem ungeduldigen Herrn und spürte dabei Joshs Blick in meinem Rücken. Er brannte sich durch den Stoff, durchdrang meine Haut und erhitzte jeden Zentimeter meines Körpers. Ich war fast dankbar, als ich in die missmutige Miene des Vertreters blickte. Vorsichtig stellte ich den Zuckerstreuer hin und deutete auf den mittlerweile leeren Teller. Die Torte schien ihm ja geschmeckt zu haben.

„Soll ich den wieder mitnehmen?“, fragte ich und bemühte mich um einen möglichst freundlichen Tonfall. Ich hatte schon vor Jahren gelernt, dass man aggressiven Zeitgenossen immer mit Ruhe begegnen musste.

Der Kerl brummte ein unfreundliches „Von mir aus“ und versteckte sich hinter der Tageszeitung, die hier an allen Tischen auslag. Augenrollend nahm ich den Teller an mich und lief zurück an die Theke. Dort hob ich die an der Wand angebrachte Klappe und schob das Geschirr durch die Öffnung in die Küche, ehe ich mich zu Josh umdrehte. Mein Blick ging durchs Lokal. Alle Gäste waren im Moment versorgt, ich konnte also guten Gewissens meine Unterhaltung mit Josh weiterführen.

„So, jetzt bin ich für dich da.“ Wow, ich schaffte es sogar, einen völlig normalen Tonfall anzuschlagen.

„Ich brauche deinen Rat“, fing er an.

Aufmerksam sah ich ihn an und sah über seine Schulter hinweg das Winken unseres Apothekers, Mr. Potter. Vermutlich wollte er bezahlen. Ich nickte ihm zu, um ihm zu signalisieren, dass ich gleich zu ihm kommen würde, und er ließ seine Hand sinken. Verunsichert wie selten zuvor in meinem Leben pustete ich meinen Pony aus der Stirn. „Worum geht's denn?“

„Ich möchte mit Vanessa verreisen, wenn sie meinen Antrag annimmt “, fing er an und ich versteckte meine Hände unter der Theke. Er sollte nicht sehen, wie tief sich meine Nägel bei dieser Eröffnung in meine Handteller bohrten. Der Schmerz wirkte beinahe befreiend, nur so konnte ich den Drang, laut „Nein, mach das nicht!“ zu schreien, unterdrücken.

„Und …“, meine Zungenspitze huschte nervös über meine Unterlippe, „wie kann ich dir da helfen?“

„Ich kann mich nicht entscheiden und brauche deinen weiblichen Rat. Was ist romantischer? Ein verlängerter Wochenendtrip nach L.A. oder doch lieber ein Chalet im Tal von Mammoth Creek?“

Gott, musste er ausgerechnet mich fragen? Ich hätte ihm am liebsten mitgeteilt, dass er sich beides sparen konnte, weil sie einfach die falsche Frau für ihn war. Vanessa würde ihn über kurz oder lang unglücklich machen. Sie besaß kein Herz, keine Seele und sie suchte nur ihren persönlichen Vorteil. Doch wie sollte man seinem besten Freund so etwas mitteilen, wenn er sie für einen Engel auf Erden hielt?

Ich räusperte mich. „Das sind ziemlich unterschiedliche Ziele, Josh. Ich kenne sie nicht gut genug, um ihren Geschmack richtig einschätzen zu können."

„Entscheide aus dem Bauch heraus", forderte er mich auf.

Mann, er ließ nicht locker, wenn er sich auf was eingeschossen hatte. Josh wollte weiblichen Rat in dieser Angelegenheit und er würde so lange drängeln, bis er eine Antwort erhielt.

„Also gut, aber gib mir nicht die Schuld, wenn ich danebenliege", antwortete ich und erntete dafür ein Grinsen.

„Ich werde daran denken."

Zum Scherzen war ich nicht aufgelegt, ich wollte diese Unterhaltung einfach nur schnell hinter mich bringen.

„So, wie ich Vanessa kennengelernt habe, würde ich behaupten, sie ist jemand, der gern ausgeht. Ein Chalet halte ich deswegen für keine gute Idee. Jedenfalls nicht außerhalb der Wintersaison. Da wird einem doch in L.A. einiges mehr geboten."

Da ich als Teenager einen Urlaub mit meinen Eltern in Mammoth Creek verbracht hatte, kannte ich die Region dort ganz gut. Mammoth Creek lag an der Ostflanke der Sierra Nevada, und das Touristenstädtchen Mammoth Lake befand sich ganz idyllisch inmitten atemberaubender Wälder. Die Gegend war berühmt für ihre Skipisten, und im Sommer konnte man die Natur genießen, die noch relativ unberührt von Menschenhand geblieben war. Für mich persönlich gäbe es nichts Schöneres, als dort ein paar entspannte und vor allem ruhige Tage mit dem Mann meiner Träume zu verbringen. Die Jahreszeit spielte dabei keine Rolle. Nur Vanessa konnte ich mir beim besten Willen nicht in dieser Gegend vorstellen. Viel zu viel Natur, keine Action, keine Boutiquen und erst recht keine Partys. Es sei denn, sie legten gar keinen Wert darauf, das Chalet überhaupt zu verlassen, weil sie anderweitig beschäftigt waren.

Sofort sah ich ein flackerndes Kaminfeuer vor mir, das obligatorische Bärenfell und zwei nackte, ineinander verschlungene Körper. Mir blieb fast mein Herz stehen, als mir klar wurde, dass es nicht Vanessa war, die sich in meiner Fantasie mit Josh dort räkelte, sondern dass die Frau meine Züge trug. Grundgütiger, ich stellte mir gerade vor, wie ich mit Josh vor einem knisternden Feuer Liebe machte, und er saß direkt vor mir und ahnte nichts davon.

„Kelly, alles in Ordnung?"

Josh warf mir einen besorgten Blick zu, weil ich so lange schwieg und mit meinen Fingern den Rand der Theke umklammerte, als wollte ich ein Stück aus ihr herausbrechen.

„Mir geht's prima", log ich wenig überzeugend.

Die Linien um seinen Mund gruben sich tiefer in seine Haut. „Bist du sicher? Du siehst aus, als hättest du gerade einen Geist gesehen. Hab ich was Falsches gesagt?"

„Nein, natürlich nicht. Es hat nichts mit dir zu tun. Mir ist nur was Wichtiges eingefallen und du weißt doch, wie verstrahlt ich manchmal bin." Lächelnd stellte ich mich aufrechter hin, auch wenn der Schock tief saß. Eine erotische Fantasie über Josh, das hätte ich mir vor einigen Tagen noch nicht träumen lassen.

Er griff nach meinen Fingern. Wie schon einmal lief ein eigentümliches Brennen durch meinen Arm.

„Danke für deine Hilfe, Kelly. Ohne dich hätte ich mich wahrscheinlich für das Chalet entschieden, aber ich denke, du hast recht. Vanessa liebt den Trubel in der Großstadt. Ich werde einen Flug über Santa Rosa buchen und uns ein Zimmer in einem der schönsten Hotels von L.A. buchen. Und dann mach ich ihr während eines Strandspaziergangs einen Antrag. Ich will, dass sie diesen Moment niemals vergisst.“

Mir könntest du mitten in deiner Werkstatt einen Antrag machen und ich würde es nie vergessen.

Nun gab es keinen Zweifel mehr daran, dass sich meine Gefühle für Josh grundlegend geändert hatten. Ich steigerte mich richtiggehend in sie hinein, es gelang mir nicht, diese Lawine an neuartigen Empfindungen zu stoppen. Sie überrollte mich, begrub mich unter sich.

Abrupt trat ich einen Schritt nach hinten. Die Theke schien nicht ausreichend Abstand zwischen uns zu schaffen.

„Josh, bitte sei mir nicht böse, aber ich muss jetzt weitermachen. Shannon sieht es nicht gern, wenn ich bei so einem Betrieb private Unterhaltungen führe.“

Er hob entschuldigend die Hände. „Schon gut, ich habe, was ich brauche, und wir sehen uns ja heute Abend. Du kommst doch noch, oder?“

Auch wenn ich liebend gerne abgesagt hätte, traute ich mich nicht. Wie hätte ich eine Absage auch begründen sollen, ohne ihm die Wahrheit zu sagen? „Aber klar doch. Ich werde pünktlich sein.“

Sein strahlendes Lächeln sorgte für weiche Knie bei mir. Auch mein Pulsschlag beschleunigte sich, meine Venen mutierten zu einer Hochgeschwindigkeitsbahn, durch die mein Blut mit halsbrecherischer Geschwindigkeit hindurchraste. Ernsthaft, ich fing an, an meinem Verstand zu zweifeln. Zwanzig Jahre platonische Freundschaft und nun holte mich dieser von Shannon gepredigte Wahnsinn namens Liebe doch ein, befiel meinen Verstand, kontaminierte jeden meiner Sinne und saugte mir auch das kleinste bisschen Widerstand aus. Ich fiel und fiel und fiel … direkt hinein in diese lustvollen Sehnsüchte, die sich nur noch um Josh drehten.

„Kleines, ich mach mich dann auf die Socken. Wir sehen uns. Acht Uhr, nicht vergessen."

Sein forschender Blick traf auf meinen und für einen Moment schien die Umgebung um mich herum zu verschwimmen. Josh ging es ähnlich, ich sah es ihm an, doch er löste sich recht schnell aus diesem Zustand träger Regungslosigkeit.

„Also dann …" Er bewegte sich Richtung Ausgang.

„Bis dann, Josh", rief ich ihm hinterher.

Sobald er meinen Ruf hörte, wandte er sich halb um, tippte sich mit zwei Fingern an die Schläfe und weg war er.

Anschließend besann ich mich auf meine Arbeit und kassierte Mr. Potter ab, bevor der arme Kerl auf seinem Stuhl Wurzeln schlug.

Der Betrieb im Restaurant nahm auch im Verlauf des Nachmittags kaum ab. Das Wetter war heute nicht besonders prickelnd. Windig, regnerisch und recht kühl, was in der Region eher selten der Fall war. Das mediterrane Klima schuf die perfekten Gegebenheiten für flächendeckenden Weinbau. Aus den Trauben wurde Cabernet Sauvignon oder Chardonnay gekeltert. Sonne war dafür eine Grundvoraussetzung und wir durften das ganze Jahr über reichlich davon genießen. Nur heute nicht. Das miese Wetter trieb die Leute scharenweise ins Restaurant, was mir allerdings reichlich Trinkgeld einbrachte. Ein angenehmer Nebeneffekt, auch kam ich wenig zum Nachdenken, was unter den gegebenen Umständen sicher nicht verkehrt war.

Als meine Schicht zu Ende war, machte ich mich zu Fuß auf den Weg nach Hause. Ich wohnte in einem Bungalow aus den Sechzigerjahren. Mein Dad hatte ihn für mich gekauft, weil er mir den Start in die Unabhängigkeit erleichtern wollte. Zuerst war ich dagegen gewesen, doch gegen die Hartnäckigkeit meiner Eltern konnte ich nichts ausrichten und im Nachhinein war ich sogar froh, dass ich ein eigenes Dach über dem Kopf hatte, das mir niemand mehr wegnehmen konnte. Der Bungalow war recht günstig gewesen, wenn auch reparaturbedürftig. Das Dach musste instand gesetzt und neue Wasserleitungen mussten gelegt werden. Innen wurden die Böden und Fliesen erneuert, auch die Küche wurde ausgetauscht. Mein ganzes Erspartes ging für den Innenausbau drauf, denn wenigstens diese Kosten wollte ich selber tragen. Ich bekam jedoch tatkräftige Unterstützung von meinem Dad und von Josh, die beide monatelang ihre Wochenenden opferten, um aus diesem lieblosen Bau ein schnuckeliges Heim zu schaffen. Der Bungalow war nicht groß, dafür aber unheimlich gemütlich, und Josh verbrachte hier beinahe so viel Zeit wie in seinem eigenen Haus, das er von seiner Tante Liz geerbt hatte.

Ich holte noch die Post aus dem Briefkasten, bevor ich eintrat. In dem kleinen Vorraum streifte ich meine Schuhe ab und lief ins Wohnzimmer. Von dort aus kam ich ins angrenzende Schlafzimmer und direkt daneben befand sich mein Bad. Wenn ich neben Vanessa nicht wie eine Vogelscheuche wirken wollte, musste ich dringend duschen. Gründlich wusch ich meine hellbraunen Locken, bis der Schaum in dicken Tropfen auf den Kabinenboden fiel, danach brauste ich mich kurz ab und griff nach dem Handtuch, das über einer Stange neben der Duschkabine hing.

Ich föhnte mir gerade das Haar, da hörte ich das charakteristische Klopfen von Regentropfen. Ungläubig starrte ich zum beschlagenen Fenster und rubbelte mir mit dem Zipfel meines Badetuches einen kleinen Kreis frei. Na super! Die Wassermassen fielen vom Himmel und prallten beim Aufkommen in alle Richtungen. Wenn das nicht aufhörte, würde ich aussehen wie eine nasse Katze, bis ich Joshs Haus erreicht hatte. Ich gehörte zu den wenigen Menschen in den USA, die kein eigenes Auto besaßen. Wozu auch? Hier konnte ich problemlos laufen. Zufußgehen war sozusagen mein persönliches Fitnessprogramm, weil ich bis auf ein paar Schwimmeinheiten im See keinerlei Sport betrieb.

Nur bei Niederschlägen solchen Ausmaßes wäre es ungemein praktisch gewesen, über einen fahrbaren Untersatz zu verfügen, um trocken von A nach B zu gelangen. Auf den Straßen bildeten sich schon regelrechte Seen und auch auf dem Bordstein sammelten sich die ersten Pfützen. Da ich keine Lust hatte, in unattraktiven Gummistiefeln bei ihm aufzutauchen, beschloss ich, Josh eine Nachricht zu schreiben, in der ich ihm mitteilen würde, dass ich mich erst auf den Weg zu ihm machen wollte, wenn der Regen nachließ. Mir war das eigentlich ganz recht, es würde die Zeitspanne verkürzen, die ich in Vanessas Gesellschaft verbringen musste.

Nachdem mein Haar trocken geföhnt auf meinen Schultern lag, stellte ich mich vor meinen Kleiderschrank und inspizierte den Inhalt. Die Entscheidung fiel zugunsten eines dunkelblauen Wickelkleides aus. Vor ungefähr einem halben Jahr hatte ich es in einer kleinen Boutique in Santa Rosa erstanden. Normalerweise bevorzugte ich Jeans, doch das Kleid war mir sofort ins Auge gesprungen und ich hatte es aus einem Impuls heraus anprobiert und schlussendlich gekauft. Nur getragen hatte ich es noch nie. Der heutige Abend schien mir der passende Anlass dafür zu sein, um es das erste Mal anzuziehen. Auf gar keinen Fall wollte ich den Eindruck einer Provinzschönheit erwecken, wie Vanessa es so spöttisch formuliert hatte, und dieses Kleid war selbst für einen Abend in der Stadt elegant genug. Und insgeheim … das musste ich zugeben … hoffte ich darauf, Josh damit beeindrucken zu können.

Bevor ich in das Kleid schlüpfte, suchte ich mir noch die passende Unterwäsche raus. Ein ausgesprochen hübsches Set aus dunkelblauer Spitze, das die zarte Bräune meiner Haut wunderbar zur Geltung brachte. Anschließend nahm ich das Kleid vom Bügel und zog es an. Ich betrachtete mich vor dem Spiegel und war überrascht, wie gut es mir stand. So gut, dass ich bereute, es nicht schon früher getragen zu haben. Der überlappende V-Ausschnitt ließ sogar meine eher mager bestückte Vorderfront üppiger aussehen, und mit den Pumps im gleichen Farbton wirkten meine Beine unheimlich lang. Der Rock schwang bei jeder noch so kleinen Bewegung hin und her und umschmeichelte kitzelnd meine Kniekehlen. In einem Anfall von Albernheit fing ich an, mich lachend im Kreis zu drehen, bis der Stoff sich wie ein Teller um meinen Körper bauschte.

Das Klingeln an meiner Haustüre bereitete meinem Spiel ein jähes Ende. Ich stoppte und glaubte im ersten Moment, explodierende Sterne würden vor meinen Augen tanzen, alles drehte sich, ich stolperte Halt suchend aus dem Raum und hielt mich am Türrahmen fest, bis ich wieder einigermaßen klar denken konnte. Nach einigen Sekunden hatte ich mich so weit im Griff, um meinem unangemeldeten Gast die Tür zu öffnen. Josh stand vor mir und stieß einen lauten Pfiff aus, als er mich erblickte. Errötend ignorierte ich das, obwohl ich mir eine solche Reaktion insgeheim erhofft hatte. Möglichst cool begegnete ich seinem taxierenden Blick.

„Was machst du denn hier?“, fragte ich ihn, trat aber gleichzeitig beiseite, um ihn ins Haus zu lassen. Der Regen hatte kein Stück nachgelassen und er deutete grinsend mit der Hand gen Himmel.

„Du glaubst doch nicht, dass ich dich bei dem Mistwetter durch die halbe Stadt laufen lasse. Ich hab Vanessa gesagt, dass ich dich abhole."

Okay, das fand ich wirklich rührend, sehr sogar, denn er bewies mir immer wieder aufs Neue, was für ein umsichtiger und großartiger Mensch in ihm steckte. Um meine Ergriffenheit zu verbergen und mich von der Tatsache abzulenken, dass ein paar Regentropfen verführerisch über seiner Oberlippen hingen, scheuchte ich ihn Richtung Wohnzimmer. „Schließ die Tür, ehe wir hier alles unter Wasser setzen. Ich brauch noch einen Moment, du kannst im Wohnzimmer warten."

Josh drückte die Tür zu. Als er mich wieder ansah, lag noch immer ein breites Grinsen auf seinen Lippen. Eigentlich nichts Ungewöhnliches. Josh lächelte oft und viel, aber heute machte es mich misstrauisch. Da war dieses komische Gefühl im Bauch. Es hatte aber nichts mit Schmetterlingen oder dergleichen zu tun. Es war vielmehr so ein unruhiges Grummeln, eine Vorahnung …

Hoffentlich bedeutete es nicht das, was ich befürchtete. Hatte er ihr etwa jetzt schon den Antrag gemacht? Klar, er hatte den Ring besorgt, aber irgendwie hatte ich doch gehofft, er würde den geplanten Kurztrip abwarten. Das hätte mir Zeit gebracht, und die brauchte ich dringend, um ihn von diesem wahninnigen Vorhaben abzubringen.

„Verrätst du mir, wieso du so lächelst?"

Josh antwortete nicht, sondern streckte die Arme nach mir aus, hob mich hoch und wirbelte mich im Kreis herum.

„Sie hat Ja gesagt", rief er voller Begeisterung.

Das ungute Gefühl schlug in blankes Entsetzen um, mir wurde speiübel, und das keineswegs von den Drehungen, die er mit mir vollführte.

„Josh, lass mich runter, mir wird schlecht", würgte ich hervor und war froh, dass mir sein ungestümes Verhalten einen Grund gab, sauer zu klingen. Denn das war ich. Sauer und enttäuscht. Ich glaube, ich hatte nicht wirklich damit gerechnet, dass er sie *tatsächlich* fragen würde, obwohl er mir den Ring gezeigt hatte, der ja bewies, wie ernst es ihm damit war, und er merkte gar nicht, was für einen riesigen Fehler er beging. Ich spürte, dass Vanessa ein falsches Spiel trieb. Ihre plötzliche Entscheidung, in Harmonville leben zu wollen, musste einen bestimmten Grund haben. Noch wusste ich nicht, was sie dazu bewog, aber ich nahm mir fest vor, es herauszufinden. Doch vorher wollte ich Josh noch auf den Zahn fühlen.

„Wolltest du nicht mit ihr nach L.A. fliegen? Wieso hast du sie jetzt schon gefragt? So überstürzt?"

Er trat einen Schritt von mir zurück, hielt mich aber immer noch locker im Arm. „Sie hat mir erzählt, dass sie zu mir ziehen will. Dauerhaft. Da ist es einfach aus mir rausgesprudelt." Er schüttelte mich leicht. „Jetzt freu dich doch mal für mich."

Oh Gott, wie sollte ich mich freuen, wenn ich am liebsten geheult hätte? Ich quetschte mir mit Müh und Not einen freundlichen Satz ab. „Das … das ist großartig."

Dass es mir an jeglichem Enthusiasmus fehlte, merkte er in seiner Euphorie gar nicht. Seine Mundwinkel hoben sich himmelwärts und er presste mich wieder dichter an sich, umarmte mich, so, wie er es sonst auch machte, nur heute konnte ich diese Nähe nicht ertragen und wollte ihr einfach nur entkommen.

„Aua, du erdrückst mich noch. Lass mal locker."

Meine Beschwerde führte dazu, dass er mich umgehend losließ. „Entschuldige, aber ich bin so verdammt glücklich, das musste einfach raus."

Meine Eifersucht machte mich ungerecht und gemein. „Deswegen musst du mir noch lange nicht die Rippen brechen.“

Josh kniff verstimmt die Augen zusammen. Unter seiner eingehenden Musterung fühlte ich mich nicht wohl. Ich hatte das Gefühl, dass er mir direkt in den Kopf sah und erkannte, was in mir vorging.

„Was ist denn los mit dir? Du bist doch sonst nicht so.“ Mein Verhalten irritierte ihn sichtlich. „Ich weiß, du und Vanessa seid nicht die besten Freundinnen, aber so langsam habe ich das Gefühl, du nimmst es mir übel, dass ich sie heiraten will.“

Womit er vollkommen ins Schwarze traf, doch die maßlose Enttäuschung, die ich in seinen Augen las, hielt mich davon ab, ihm reinen Wein einzuschenken. Um Schadensbegrenzung bemüht, machte ich einen Schritt auf ihn zu und legte meine Hand auf seiner Brust ab. Gleichmäßig klopfte sein Herz unter meinen Fingern, der Rhythmus beruhigte mich ein wenig und gab mir die Kraft, mich bei ihm zu entschuldigen, obwohl ich ihm lieber den Kopf für seine Dummheit eingeschlagen hätte. Mein Gott, wieso ausgerechnet diese Frau, es gab doch so viele andere, nette Mädchen. Mich zum Beispiel …

„Josh, es tut mir leid. Ich hatte nur einen verdammt harten Tag, ich bin müde und hungrig und ich muss zugeben, dass ich auch nicht wirklich weiß, was ich von deinen Heiratsplänen halten soll.“ Und dann, einem inneren Drang folgend, bekannte ich Farbe, ließ ihn einen Blick in mein Inneres werfen. „Außerdem habe ich Angst.“

Josh legte seine Hand warm und beschützend über meine und drückte sie fester gegen den weichen Stoff seines Hemdes. Der Takt seiner Herzschläge wurde schneller, unruhiger. Genau wie bei mir. In seiner Iris tanzten dunkle Flecken, wie immer, wenn er sich Sorgen machte.

„Dann sprich mit mir, Kelly. Wenn dich was bedrückt, dann will ich das wissen. Vor allem, wenn es mit mir zusammenhängt."

Ich dachte an mein Gespräch mit Vanessa zurück und dass sie dafür sorgen wollte, dass ich in absehbarer Zeit in seinem Leben keine Rolle mehr spielte. Konnte ich ihm davon erzählen? Natürlich nicht. Außerdem würde es an seinen Heiratsplänen ohnehin nichts ändern. Josh war verrückt nach ihr. Er würde sich durch nichts auf der Welt davon abbringen lassen, sondern sich noch schneller von mir entfremden.

Dennoch konnte ich nicht alles in mich hineinfressen. Ich beschloss, wenigstens einen Teil meiner Sorgen bei ihm abzuladen, auch wenn ich ihn viel lieber darüber aufgeklärt hätte, was für ein verschlagenes Biest er sich ins Haus holte. Aber das war nicht meine Aufgabe. Josh war nicht dumm. Wahrscheinlich war er sich ihres Charakters bewusst und liebte sie genug, um über ihre Schwächen hinwegzusehen. So sollte es ja im Grunde auch sein. Wenn ich jetzt daherkam und ihm die ganze Wahrheit erzählte, würde er ihr Verhalten wahrscheinlich als Eifersucht einstufen und sich am Ende sogar geschmeichelt fühlen.

„Kelly, jetzt sprich doch endlich mit mir."

Er klang nun drängend, weil ich immer noch schwieg und meinen düsteren Gedanken nachhing. Josh wollte Antworten, also nahm all meinen Mut zusammen.

„Für mich ist es schwer vorstellbar, dass du heiraten willst und …" Zögernd stockte ich mitten im Satz und er trat einen Schritt näher an mich heran. Meine Hand lag noch immer an seiner Brust, seine darüber. Er neigte seinen Kopf nach unten, während ich unsicher zu ihm hochsah, und ich stellte fest, dass uns nur noch wenige Zentimeter voneinander trennten. Die Hitze seines

Körpers an meinem durchdrang mich, ließ mich erschauern.

„Und was?“, wiederholte er. „Kelly, ich kann dir deine Ängste nicht nehmen, wenn ich sie gar nicht kenne.“

Ein wenig verlegen zog ich meine Schultern hoch, weil ich mir auf einmal vorkam wie eine verzogene Göre, der man ihr Lieblingsspielzeug weggenommen hatte.

„Nun ja, es hört sich vielleicht albern an, aber wenn ihr erst mal ein Ehepaar seid, werde ich irgendwann überflüssig sein.“

Sein Lachen hätte mich eigentlich wütend machen müssen, doch in diesem Fall drückte es einfach nur aus, dass er meine Vermutung schlichtweg für Blödsinn hielt, was wiederum nur bedeuten konnte, dass ich mich umsonst so verrückt machte. Trotzdem fühlte ich mich nicht besser. Mein Herz blieb ein leerer dunkler Raum, außerdem musste ich mir langsam über meine eigenen Gefühle für ihn klar werden. Dass sie sich veränderten, konnte ich nicht mehr leugnen. Mir machte jedoch die Geschwindigkeit zu schaffen, mit der das geschah. Als hätten sie schon immer hinter einer unsichtbaren Schranke gelauert, und nun, da ich diese Barriere unbeabsichtigt entfernt hatte, strömten sie mit aller Macht nach außen und ergriffen Besitz von mir.

Seit gestern spürte ich ganz neue Dinge, fühlte mich verloren und konnte überhaupt nicht damit umgehen. Konnte es denn wirklich sein, dass Shannon recht hatte? Waren wir füreinander geschaffen und nur die Gewohnheit ließ uns an unserer platonischen Beziehung festhalten? Auf einmal kam mir der Gedanke, ihn zu küssen, gar nicht mehr so abwegig vor. Er erregte mich sogar.

Verstört hob ich meinen Blick dem seinen entgegen, sah in sein vertrautes Gesicht, suchte darin nach Antworten und wurde von einer glasklaren Erleuchtung getroffen, die mich innerlich fast zerriss. Josh war nicht nur mein bester Freund, sondern viel mehr als das. Er war Vergangenheit und Gegenwart, mein Herz und meine Seele. Ich liebte ihn, mit allem, was ihn ausmachte, mit allem, was *mich* ausmachte, und das wahrscheinlich schon, seit wir uns das erste Mal begegnet waren. Nur hatte ich das nie wahrhaben wollen, aus Angst, ihn zu verlieren. Stattdessen flüchtete ich mich in harmlose Schwärmereien, zuletzt für Kyle, weil die mir nicht gefährlich werden konnten. Nicht so, wie Josh das vermocht hätte, weil er in Wahrheit der Mann war, den ich liebte und begehrte, mehr als jeden anderen. Und was unsere innige Freundschaft anging, so war sie ebenso Bestandteil dieser Liebe. Nur wusste ich nicht, wie ich damit umgehen sollte, denn er empfand nicht das Gleiche für mich. Es wäre klüger gewesen, lächelnd zu gratulieren und ihm Hilfe beim Aussuchen des Hochzeitsanzuges anzubieten. Doch alles in mir sträubte sich dagegen, ihn Vanessa kampflos zu überlassen.

Meine große Liebe warst immer nur du.

Auf einmal spürte ich seine warmen Hände, die mein Gesicht umschlossen. „Hey, nicht weinen, Kleines. Schscht, es ist doch alles gut."

Überfordert senkte ich die Lider über meinen tränennassen Augen. Josh war hierhergekommen, um seine Freude mit mir zu teilen, und nun musste er den Seelentröster spielen.

„Es tut mir leid", flüsterte ich mit erstickter Stimme. „Du hast dich so gefreut und ich denke nur an mich und heule rum."

Seine Lippen streiften schmerzhaft zart meine Stirn.

„Ist schon gut", antwortete er leise, seine Daumen strichen an meinen Wangen auf und ab, sein Atem wärmte meine kühle Haut. Mit geschlossenen Augen genoss ich das sanfte Prickeln, das seine rauen Handflächen auf meiner Haut verursachten. Es fühlte sich herrlich an. Joshs Berührung versetzte mich in einen Zustand zwischen wohliger Entspannung und aufregender Erregung. Sein Mund löste sich von meiner Haut, stattdessen legte er die Stirn an meine und wir verharrten in dieser Stellung. Vertrauen. Einfach nur Josh und ich.

Der zärtliche Moment ging unwiderruflich vorbei, doch ich war noch nicht bereit, in die Wirklichkeit zurückzukehren und hielt die Augen geschlossen. Ich hörte seine tiefen Atemzüge, das Klopfen der Regentropfen gegen die Scheiben, draußen senkte sich langsam die Dunkelheit über die Stadt. Frieden.

„Sieh mich bitte an."

Ich öffnete die Augen, unsere Blicke trafen aufeinander und was ich in seinem las, brannte sich für immer in mein Gedächtnis. Freundschaft, tiefe Verbundenheit. Was immer auch passieren würde, das hier würde bleiben. Er und ich, beste Freunde für immer. Daran konnten weder Vanessa noch meine veränderten Gefühle etwas ändern, und so schloss ich diesen Augenblick fest in meine Erinnerungen ein.

„Kelly, du sollst eines wissen: Du wirst immer ein Teil meines Lebens sein. Daran wird auch meine Heirat mit Vanessa nichts ändern. Okay?"

Ich will doch gar nicht, dass alles gleich bleibt.

Es war ja schon für mich schwer zu akzeptieren, dass ich mich zu Josh hingezogen fühlte, wie würde er auf so eine Eröffnung reagieren, die für ihn aus heiterem Himmel kommen musste? Ich wollte ihn keinesfalls verlieren, aber konnte ich mich nun, nachdem ich mir über meine wahren Gefühle für ihn klar geworden war, wirklich mit reiner Freundschaft zufriedengeben?

„Es tut mir ehrlich leid, dass ich so einen Blödsinn rede und dir damit die Freude verderbe", plapperte ich los. „Keine Ahnung, wie ich auf die Idee kommen konnte, du würdest mich nach deiner Heirat einfach fallen lassen, aber irgendwie ändert sich gerade alles so furchtbar schnell und ich habe das Gefühl, nicht mehr mitzukommen."

„Ich versteh das, aber du musst dir wirklich keine Sorgen machen. Ich würde dich doch niemals einfach so abschieben. Du bist meine Familie, Kelly."

Nur mit Mühe schaffte ich es, die aufsteigenden Tränen zurückzudrängen. Joshs Worte taten mir so unendlich gut und doch schmerzten sie mit der gleichen Intensität, mit der sie mich trösten sollten. Er umfasste noch einmal mein Gesicht und hauchte mir einen ganz zarten Kuss auf die Lippen. Das machte er sonst nie, es schmeckte nach mehr, und so hielt ich angespannt den Atem an. Er löste sich wieder, verharrte aber dicht vor meinem Mund und ich hatte den Eindruck, als würde er den Atem anhalten. Mein Inneres schmolz und ich konnte nicht verstehen, wie ich all die Jahre nicht bemerken konnte, wie es wirklich in mir aussah. Wie sehr ich ihn doch liebte. Leider wich er wieder zurück, ehe ich den Mut fand, ihn einfach zurückzuküssen.

„Kleines, du und ich gegen der Rest der Welt", flüsterte er liebevoll und strich mir vorsichtig eine Haarsträhne hinters Ohr. Eine unendlich zärtliche Geste. „So, wie wir es uns als Kinder geschworen haben", beteuerte er. „Ich werde dieses Versprechen nicht brechen."

Sein intensiver Blick brannte sich in meinen, ich sehnte noch mehr Intimität herbei, doch er brach den Bann, als er mich in die Wange kniff. Eine Geste, so typisch freundschaftlich, dass sich all meine Hoffnungen in Luft auflösten. Ein Mann, der eine Frau begehrte, verhielt sich anders. Meine Eitelkeit regte sich. Fand er mich denn kein Stück attraktiv? Da ich ihn auf einmal mit ganz anderen Augen sah, fiel es mir schwer zu verstehen, dass es sich bei ihm nicht genauso verhielt, wo wir doch sonst immer ähnlich handelten und fühlten. Doch er sah mich an wie immer, dabei trug ich ein wirklich hübsches und sehr feminines Kleid. Sogar mein Haar saß gut. Normalerweise lockte es sich in wilden Wellen um meine Schultern und ließ sich kaum bändigen. Heute fiel es locker und glatt auf meine Schultern, wie bei den Mädchen in diesen Shampoo-Werbespots. Wahrscheinlich musste ich mich damit abfinden, dass ich ein geschlechtsloses Neutrum für ihn darstellte. Vielleicht strich ich mir gerade deswegen aufreizend über die Hüfte, um ihm zu beweisen, dass in mir durchaus eine begehrenswerte Frau steckte.

„Denkst du, das Kleid ist übertrieben für ein Abendessen mit dir und Vanessa?"

Diese Frage schien ihn zu überfordern, er machte auf mich einen geradezu ratlosen Eindruck, ehe er mich einer ausgiebigen Musterung unterzog, die mir vor lauter Verlegenheit das Blut in die Wangen trieb.

Super, Kelly, wenn du schon die Femme fatale spielen musst, dann versuch wenigstens, selbstbewusst rüberzukommen und nicht wie ein gekochter Hummer auszusehen.

Ich konnte förmlich fühlen, wie die Hitze unter meiner Haut brannte. Ein intensiver Blick von ihm reichte schon, um das auszulösen. Meine Güte, was würde passieren, würde er mich anfasste? Und zwar an Stellen, die für einen guten Freund normalerweise tabu blieben?!

Endlich äußerte er sich zu meinem Outfit, bevor ich mich hier vor seinen Augen auflöste.

„Das Kleid ist okay."

Okay?!

Meine Verlegenheit löste sich in Wohlgefallen auf, bei dieser plumpen Entgegnung.

„Ist das alles, was du dazu zu sagen hast?" Meine Stimme klang schrill, sie überschlug sich förmlich. Da stellte ich mich hin, machte mich hübsch und er fand es nur okay?

Josh merkte schnell, wie seine Einschätzung meiner optischen Erscheinung bei mir ankam und korrigierte seine Aussage. „Du siehst … äh … großartig aus."

Ernüchterung machte sich in mir breit. Das klang alles andere als begeistert und ich ließ die Schultern hängen, während ich an mir heruntersah. Ich hätte mir auch eins von Nettys und Eleanors Kleidern überziehen können, das hätte auf Josh den gleichen Effekt gehabt.

Auf einmal kam ich mir reichlich dumm vor. Wieso glaubte ich, mit seiner Freundin konkurrieren zu können? Da mein Versuch, ihn mit einer fraulicheren Erscheinung zu beeindrucken, gründlich in die Hose gegangen war, wollte ich nur noch raus aus dem Fummel.

„Weißt du was, ich zieh mich um", schlug ich vor und wich einen ersten Schritt von ihm zurück. „Ich weiß ich gar nicht, was mich da geritten hat", fuhr ich fort und versuchte, die Sache ins Lächerliche zu ziehen, um mein Gesicht zu wahren. „So ein Kleid und ich … das passt doch gar nicht."

Ich wandte ihm den Rücken zu und wurde von seiner warmen Hand auf meiner Schultern zurückgehalten.

„Warte …", sagte er leise.

Seine Finger brannten sich durch den Stoff in meine Haut. Ich stellte fast das Atmen ein, ehe ich mich ganz langsam umwandte und ihm einen fragenden Blick zuwarf. Josh betrachtete mich erneut von Kopf bis Fuß, ganz bewusst, und er ließ sich viel Zeit dabei. Ein angenehmes Prickeln eilte über mich hinweg, sobald seine Augen an meinen leicht geöffneten Lippen hängen blieben. Es fühlte sich an, als würde man meinen Mund mit Millionen von feinen Nadeln traktieren.

„Du wirst dich nicht umziehen", erklärte er entschieden. „Das Kleid steht dir unglaublich gut. Du siehst darin absolut atemberaubend aus."

Ich weiß nicht, ob er es so deutlich formulieren wollte, und so ganz überzeugend brachte er das für mich nicht rüber.

„Josh, du musst das nicht sa…"

„Du siehst fantastisch aus!“, unterbrach er mich und dieses Mal glaubte ich ihm. Seine Augen gerieten auf Abwege und betrachteten verstohlen meine Brüste. Ein eindeutig interessiertes Funkeln blitzte in seinem Blick auf. Sehr männlich, wahnsinnig sexy. Stellte er sich gerade vor, wie ich ohne den ganzen Stoff aussah? Ich hoffte es.

Josh räusperte sich und schob die Hände in die Hosentaschen seiner Jeans.

„Können wir dann los? Ich will nicht, dass sich Vanessa Sorgen macht.“

Die Erwähnung seiner Freundin, nein, Verlobten, brachte mich zurück auf den Boden der Tatsachen. Nur, weil er ein Mal meine Brüste bemerkte, änderte das nichts an seiner Liebe zu Vanessa.

„Ich hol meine Jacke, dann können wir los.“

Kopflos stürzte ich aus dem Raum in mein Schlafzimmer, wo ich mir meine Jeansjacke überzog. Danach schnappte ich mir meine Handtasche und kam wieder zurück.

Josh sah mir entgegen, wieder wanderte sein Blick über mich und mein armes Herz fing an zu flattern. Wenn er so weitermachte, würde ich den heutigen Abend nicht überleben.

„Lass uns gehen, wir wollen ja nicht, dass sie eine Vermisstenanzeige aufgibt“, scherzte ich lahm.

Als wir kurz darauf in seinem Wagen saßen, betete ich um ein rasches Ende dieses Abends.

Kapitel 6

Vanessa verhielt sich überaus zuvorkommend und behandelte mich wie ihre beste Freundin. Es war eine Qual, auch wenn ich mir nach außen hin nichts anmerken ließ. Ohne dieses falsche Biest hätte ich den Abend sicher wahnsinnig genossen. Josh kochte großartig, wenn er sich mal dazu durchrang, und beim Duft des Essens zog sich mein Magen vorfreudig zusammen, doch die Anwesenheit seiner Verlobten – Gott, allein die Bezeichnung schürte Hassgefühle in mir – verdarb mir gründlich den Appetit. Außerdem fühlte ich mich überflüssig.

Josh gab sich zwar alle Mühe, mich ins Gespräch zu integrieren, doch so richtig mit einbringen konnte ich mich nicht und so antwortete ich meist recht einsilbig. Ich war eben kein Meister im Verstellen und so blieb es nicht aus, dass Josh mir ständig abschätzende Blicke zuwarf. Nach unserer Unterhaltung im Bungalow war er wohl in Sorge um mich und versuchte, meine Stimmung einzuschätzen. Bestimmt hatte er Angst, ich würde jeden Augenblick in Tränen ausbrechen. Doch ich gab mir keine Blöße. Nicht vor ihr.

Vanessa griff nach ihrem Glas und ließ den dunkelroten Inhalt versonnen darin kreisen, ehe sie ihren scharfen Blick auf mich richtete.

„Hat Josh dir die guten Neuigkeiten schon mitgeteilt?“, meinte sie ganz unvermittelt und strich mit ihren Lippen am Rand ihres Weinglases entlang. Ich selber trank Pepsi. Obwohl wir inmitten der kalifornischen Weinberge lebten, bevorzugte ich alkoholfreie Getränke oder ein kühles Bier.

Bedächtig stellte ich mein eigenes Glas ab und tat erstaunt. „Neuigkeiten?“, fragte ich und schnitt mir ein Stück Fleisch ab, das ich mir dann in den Mund schob.

Kauend erwiderte ich ihren spöttischen Blick. Josh hielt sich dezent im Hintergrund, ich ahnte aber, dass er die unterschwellige Feindschaft zwischen uns spürte und sich bereithielt, um einzugreifen.

Vanessas Augen sprühten vor Schadenfreude, weil sie es geschafft hatte, dieses Thema anzuschneiden und mir damit wehzutun. „Ich habe ihn zwar gebeten, noch niemandem etwas zu erzählen, aber ich kenne ihn. *Dir* hat er sich bestimmt schon anvertraut.“

Sie fixierte mich, während ich mich um ein Haar an meinem Stück Fleisch verschluckte. Josh hatte einen leckeren Braten mit glasiertem Gemüse und Süßkartoffeln gezaubert, der wirklich köstlich schmeckte, trotzdem blieb mir bei Vanessas Frage der Bissen im Hals stecken. Hustend griff ich nach meinem Glas und trank einen großen Schluck.

Konnte ich zugeben, dass ich bereits von der Verlobung wusste? Verstohlen sah ich zu Josh rüber. Augenpaare, die für den Bruchteil einer Sekunde aufeinander trafen, ehe er mir sachte zunickte. Anschließend senkte er mit einem feinen Lächeln den Kopf und schien sich im Stillen über meine Unsicherheit zu amüsieren. Entschlossen mir nichts anmerken zu lassen, wandte ich mich wieder an Vanessa. „Ja, er hat mir die frohe Botschaft erzählt und ich gratuliere euch ganz herzlich.“

Jedes Wort meiner Gratulation war eine *dicke*, *fette* Lüge, und sie wusste es.

„Vielen Dank!“

Trotz des fröhlichen Tonfalls schossen ihre blauen Augen eisige Blitze in meine Richtung ab, allerdings kaschierte sie das so geschickt, dass Josh niemals misstrauisch geworden wäre.

Nur ich verstand die stumme Botschaft, die sie mir über den Tisch hinweg zusandte, erfasste die unausgesprochene Drohung, die sich dahinter verbarg. Das reizte mich umso mehr dazu, sie in die Ecke zu drängen.

„Was ist eigentlich mit deinem Job, wenn ihr verheiratet seid?“

Damit schlug ich ein Thema an, das Josh sonst nicht behagte, doch ich wollte unbedingt herausfinden, ob sie ihre Behauptung, ihren Job als Flugbegleiterin aufzugeben, wahr machen würde. Ich vermutete eher, dass sie mich damit nur hatte ärgern wollen, doch dieses Mal täuschte ich mich.

„Vanessa wird ihren Job aufgeben“, erklärte er an ihrer Stelle und wirkte überaus zufrieden über diese Wendung.

Unglücklich verbiss ich mir einen enttäuschten Kommentar und rang mir ein Lächeln ab. „Ach tatsächlich …“

„Ja, ist das nicht großartig?“ Vanessa strahlte Josh an, der aussah, als hätte er gerade einen Blick ins Paradies geworfen. Sie seufzte übertrieben und griff über den Tisch hinweg nach seiner Hand, umfing sie zärtlich. „Endlich werden Josh und ich Tag und Nacht zusammen sein“, freute sie sich und warf ihm einen verliebten Blick zu. Dann beugte sie sich über den Tisch und küsste ihn auf die Lippen. Mein Bauch rebellierte bei diesem Anblick. Josh, der den Kuss zuerst erwiderte, öffnete kurz die Augen, sah mein Gesicht und beendete sanft den zärtlichen Überfall seiner Verlobten, die sichtlich zufrieden zurück auf ihren Stuhl sank.

Josh hingegen suchte wieder den Augenkontakt mit mir, als müsste er sich vergewissern, dass es mir gut ging. Ich lächelte leicht, um ihn zu beruhigen. Ich wollte ihm den Abend nicht verderben; wenn es das war, was er wollte, war es meine Pflicht als Freundin, ihm das Glück zu gönnen, das er mit Vanessa zu finden glaubte. Erleichtert über meine Reaktion führte er Vanessas Hand an die Lippen, küsste sie und ließ sie auch nicht mehr los. Mein Inneres wurde zu einer blutenden Wunde, die schmerzte und schmerzte, je liebevoller er sie betrachtete.

Oh Gott …

Vanessas Strahlen hingegen hätte jeden radioaktiven Atomblock übertroffen, und um das Ganze für mich möglichst unangenehm zu gestalten, setzte sie sich nach einem demonstrativen Blick in meine Richtung auf Joshs Schoß. Der schlang seine Arme um sie und flüsterte ihr etwas ins Ohr. Vanessa zog kichernd den Kopf ein. „Josh, du Ferkel, doch nicht vor Kelly. “

Mein Herz schlug schmerzhaft hart gegen meine Rippen, als ich etwas fühlte, das mir sonst völlig fremd war: Ich fühlte Hass. Auf sie, auf ihn, auf mich selbst. Vanessas Handy klingelte und sie erstarrte für einen kurzen Moment, ehe sie von seinem Schoß rutschte und es plötzlich ziemlich eilig hatte.

„Ich muss da ran, eine Kollegin wollte noch wegen dem neuen Flugplan anrufen. Lauf nicht weg, Darling. Ich bin gleich wieder bei dir“, säuselte sie, bevor sie mit wiegenden Hüften auf den Wohnzimmertisch zulief. Dort lag ihr Telefon und rutschte vibrierend über die Tischplatte. Sie nahm es an sich und starrte auf das Display. Dann geschah etwas Komisches. Vanessa wurde leichenblass. Allerdings schien dieses Detail nur mir aufzufallen.

„Willst du nicht rangehen?“, fragte Josh belustigt und schien sich gar nicht über ihren komischen Gesichtsausdruck zu wundern.

Sie lächelte ein wenig verkrampft, dabei umklammerte sie das Handy so fest, dass die Knöchel an ihrem Handrücken ganz weiß hervortraten.

„Das ist beruflich“, erklärte sie dann etwas gefasster. „Ich bin kurz nebenan, ich will euch nicht mit meinem Gequatsche stören.“

Wie rücksichtsvoll, dachte ich bissig und sah ihr dabei zu, wie sie hoheitsvoll aus dem Zimmer rauschte.

„Was sie wohl hat?“, fragte ich mich laut. Etwas an ihrem Verhalten kam mir mehr als merkwürdig vor.

Josh zuckte mit den Achseln. „Wahrscheinlich ist jemand krank geworden und sie soll einspringen. Ich bin froh, wenn das endlich ein Ende hat. Sie muss andauernd ihre freien Tage opfern und keiner dankt es ihr.“

Er schob sich den letzten Bissen Fleisch in den Mund und kaute mit sichtlichem Genuss. Nach dieser Szene würde ich keinen Bissen mehr herunterbekommen und so begnügte ich mich damit, ihm zuzuschauen. Er verschlang seine Portion mit Genuss und Hingabe, als gäbe es nichts Wichtigeres auf der Welt. Ob er genauso Liebe machte? Mit der gleichen Gründlichkeit und Leidenschaft?

Er spülte den Bissen mit einem Schluck Cabernet hinunter. Mein verschleierter Blick hing an seinen Lippen, sobald er sein Weinglas absetzte. Sie glänzten feucht, ein rötlicher Schimmer benetzte sie und ich konnte mich nur schwer davon abhalten, die Überreste des Weins mit meiner Zungenspitze aufzunehmen, indem ich einfach darüber leckte.

Schnell nahm ich einen Schluck Pepsi, um meinen staubtrockenen Mund zu befeuchten. Andere Regionen in meinem Körper hatten das gerade nicht mehr nötig …

„Willst du noch was? Sonst mach ich den Nachtisch fertig, solange Vanessa telefoniert. Ich habe heute Mittag noch etwas von Shannons leckerem Apfelkuchen mitgenommen. Ich muss ihn nur noch aufwärmen.“

Ich brauchte nicht nur eine Pause von Vanessa, sondern auch von meinen Fantasien, und nickte übereifrig.

„Kuchen hört sich toll an. Soll ich dir helfen?“ Zumindest anbieten musste ich es.

Josh schüttelte den Kopf. „Nein, bleib sitzen. Heute Abend solltest du dir wirklich nicht die Hände schmutzig machen, wenn du so hübsch aussiehst.“

Meine Augen weiteten sich bei seinem Kompliment. Er räusperte sich, verlegen, wie es mir schien, als hätte er das gar nicht sagen wollen. Hastig stand er auf, mied meinen Blick.

„Bin gleich wieder da", murmelte er und nahm das Geschirr, um damit in der Küche zu verschwinden, die lediglich durch eine Schiebetür vom Essbereich getrennt war.

Versonnen sah ich ihm nach, bewunderte seinen geschmeidigen Gang und seinen ultrascharfen Hintern, der sich muskulös unter seiner Jeans abzeichnete. Wieder hätte ich mich ohrfeigen können, weil ich erst so spät gemerkt hatte, was für ein unglaublich anziehender Mann aus Josh geworden war. Und jetzt saß ich hier und musste seine glückliche Miene ertragen, sobald er Vanessa ansah.

Apropos Vanessa … Solange sie telefonierte, wollte ich kurz im Bad verschwinden, um mich frisch zu machen und meine Gedanken zu sortieren, damit ich den restlichen Abend überstehen konnte. Hoffentlich hatte der bald ein Ende. Ob es zu auffällig wäre, wenn ich Kopfschmerzen vorschützte?

Leise verließ ich den Raum und betrat den kleinen Flur, weil ich Vanessa nicht bei ihrem Telefonat stören wollte. Doch sie stand gar nicht draußen, ich hörte ihre Stimme gedämpft aus Joshs Schlafzimmer und bewegte mich auf Zehenspitzen vorwärts, um nicht auf mich aufmerksam zu machen.

„Verdammt, James, ich hab dir doch gesagt, ich mache ernst, wenn du dich nicht entscheidest."

Ich wollte gerade vorbeihuschen, als ich diesen Gesprächsfetzen mitbekam und alarmiert stehen blieb. Selbstverständlich war es nicht in Ordnung, sie zu belauschen, aber ich konnte einfach nicht widerstehen, und horchte durch die nur angelehnte Tür.

„Hör zu, du hattest deine Chance“, sagte sie gerade zu der Person, mit der sie telefonierte. „Wie oft hab ich dir gesagt, dass ich Schluss mache, wenn du dich nicht von deiner Frau trennst? Deine Vorwürfe kannst du dir also sparen. Ich hätte ihn für dich verlassen, aber wenn du nur ein Betthäschen suchst, das du auf deinen Flügen ficken kannst, dann war's das mit uns. Und damit du es nur weißt: Ich werde Josh heiraten. Er hat mir einen Antrag gemacht und den habe ich angenommen.“

Mein Instinkt hatte mich also nicht getrogen. Vanessa spielte falsch und da sich ihr Lover nicht wie gewünscht verhielt, musste Josh herhalten.

Geschockt presste ich mein Ohr an den Türrahmen, mir wurde schwarz vor Augen. Diese Hexe, dieses Biest …

Schamlos betrog sie ihn auf ihren Reisen und nun spielte sie die treu sorgende Verlobte. Wahrscheinlich war der Typ, mit dem sie telefonierte, auch der wahre Grund für ihre geplante Kündigung. Sie tat das nicht aus Liebe zu Josh, sondern sie flüchtete vor ihrer Affäre. Am liebsten wäre ich ins Zimmer gestürmt und hätte ihr das verdammte Handy aus der Hand gerissen, um es gegen die nächste Wand zu pfeffern, doch ich machte nichts dergleichen. Diese Neuigkeit musste ich erst mal verdauen, bevor ich etwas Unüberlegtes tat.

Ganz leise, damit sie von ihrem heimlichen Zuhörer nichts mitbekam, schlich ich mich zurück ins Esszimmer und setzte mich schnell an den Tisch. Verwirrt starrte ich auf meine Hände und fragte mich, was zum Teufel ich jetzt tun sollte. Ratlos ging ich meine Möglichkeiten durch und kam zu dem Schluss, dass ich Shannon ins Vertrauen ziehen musste.

Wenn jemand Rat wusste, dann sie.

Am nächsten Tag legte ich meine Beichte ab. Zu behaupten, Shannon wäre erfreut gewesen, weil ich nun endlich zugab, in Josh mehr zu sehen als nur einen guten Freund, wäre wohl die Untertreibung des Jahrhunderts. Sie bekam das triumphierende Grinsen den ganzen Tag nicht mehr aus ihrem Gesicht. Spätestens zur Mittagszeit ging mir das tierisch auf die Nerven, aber wenigstens nahm mir das Gespräch eine große Last von der Seele, und Shannons Jubelschrei, sobald ich ihr von Vanessas Affäre erzählte, konnte man wahrscheinlich bis ans andere Ende von Harmonville hören, gefolgt von ihrem rigorosen Befehl, dass ich Josh über Vanessas falsches Spiel aufklären musste. Und zwar so schnell wie möglich.

Ich war nicht sonderlich scharf darauf, als Überbringer schlechter Nachrichten zu fungieren, doch auch mir war klar, dass ich mich nicht davor drücken konnte. Undenkbar, ihn auch nur einen Tag länger als nötig in dem Glauben zu lassen, Vanessa würde ihn genauso lieben wie er sie. Außerdem hatte ich Angst, die beiden könnten spontan nach Vegas durchbrennen und dort heiraten. Mein Entschluss stand also fest: Ich wollte ihn nach dem Ende meiner Schicht – ich musste heute nur den halben Tag arbeiten – in der Werkstatt zu besuchen und diese unangenehme Sache schnell hinter mich bringen.

Seit ich am frühen Morgen Shannon über die Lage aufgeklärt hatte, waren einige Stunden vergangen, draußen schien die Sonne und der Betrieb hielt sich in Grenzen. Ich sah auf die Uhr. Kurz vor vierzehn Uhr. Jenny würde jeden Augenblick eintrudeln und mich ablösen.

„Kelly, bringst du mir noch einen Muffin?“

Ich nickte Mr. Potter zu. „Aber gern. Ich schau mal, ob sie schon fertig sind“, antwortete ich und betrat die Küche, wo Shannon gerade die nächste Fuhre herrlich duftender Blaubeermuffins aus dem Ofen holte.

„Ah, wunderbar! Mr. Potter braucht Nachschub.“

Shannon schnaubte und zog das hübsche Näschen kraus. „Der soll sich ruhig mal in Geduld üben, sein

Bäuchlein wird's ihm danken", murrte sie unleidig, reichte mir aber dennoch einen Teller mit einem Blaubeermuffin. „Hier, damit er nicht vom Fleisch fällt."

Das war angesichts Mr. Potters gewaltigen Bauchumfangs nicht sehr wahrscheinlich. Gerade, als ich mit dem Teller in der Hand wieder durch die Schwingtür raus wollte, hielt sie mich zurück.

„Warte mal, wenn du zu Josh gehst, kannst du dann meinen Wagen gleich rüberfahren? Josh meinte gestern, ich solle ihn heute im Laufe des Nachmittags vorbeibringen, aber ich erwarte einen wichtigen Anruf aus Santa Rosa und kann hier nicht weg. Der Schlüssel liegt in meinem Büro."

„Klar, ich warte nur, bis Jenny kommt und dann bin ich weg."

Shannon lächelte erleichtert. Der Anruf musste wohl sehr wichtig sein, wenn sie ihn nicht verpassen wollte.

„Vielen Dank, du hilfst mir sehr damit."

„Kein Problem", winkte ich ab und wollte schon wieder gehen.

„Warte …"

Ich drehte mich um. „Ja?"

„Ich wollte dir noch viel Glück wünschen. Du wirst sehen, wenn Josh von der Sache weiß, werden sich deine Probleme in Luft auflösen. Vanessa wird ihre Sachen packen und die Stadt verlassen müssen. Und das schneller, als du denkst."

So sicher war ich mir da nicht. Männer konnten unter Umständen ganz schön dämlich sein, wenn es um Frauen ging. „Wenn du das sagst", erwiderte ich zweifelnd.

„Vertrau mir, du wirst schon bald in Joshs Armen liegen."

Ich seufzte und wünschte mir, dass sie damit recht behielt. „Wir werden sehen, aber danke."

Nach dem gestrigen Abend machte ich mir endgültig nichts mehr vor. Ich wollte Josh ganz für mich allein und das in jeder Hinsicht. Mit der Schulter drückte ich die Tür auf und verließ die Küche, bevor der kleine Blaubeerkuchen auf dem Teller abkühlte. Zu sehr in Gedanken, um auf meine Umgebung zu achten, lief ich direkt in Kyle Harmon hinein, der mich an den Oberarmen festhielt, damit ich nicht stolperte.

„Vorsicht, gleich landet der Muffin auf dem Boden“, grinste er und trat einen Schritt zurück, sobald ich mein Gleichgewicht wiedergefunden hatte.

Ich warf ihm einen strafenden Blick zu. „Kyle, meine Güte, hast du mich erschreckt.“

Sein Lachen klang genauso rau und sexy wie immer, doch zum ersten Mal berührte es mich nicht. „Sorry, aber ich konnte nicht mehr ausweichen. Du hast mich fast plattgemacht.“

Mit dem Teller in der Hand sah ich an ihm rauf und runter und kam mir ein bisschen blöd vor, wenn ich daran dachte, wie viel unnütze Zeit ich mit meiner Schwärmerei für ihn verschwendet hatte. Natürlich sah er fantastisch aus, aber er war eben nicht Josh. Kyle bemerkte natürlich, wie eingehend ich ihn musterte, und verzog leicht verunsichert den Mund.

„Stimmt was nicht mit mir?“, fragte er misstrauisch.

Er sah an sich herunter. Heute trug er ein schwarzes Hemd mit Brusttaschen, dunkelblaue Jeans, kombiniert mit einem braunen Ledergürtel, und dazu farblich abgestimmte Schuhe. Erfreut stellte ich fest: Das übliche Prickeln, das mir sein Anblick immer beschert hatte, fehlte komplett. Auch die Schmetterlinge in meinem Bauch waren ausgeflogen. Wahrscheinlich waren sie schon längst auf dem Weg zu Josh und warteten dort auf mich, um weiter ihr Unwesen zu treiben.

„Nein, mit dir ist nichts. Ich hab mich nur gefragt, warum du dich vor der Küche herumtreibst.“

Das war noch nicht einmal gelogen, ohne weibliche Begleitung betrat er das Lokal nur selten und wenn, dann achtete er penibel darauf, dass er nicht in Shannons Nähe kam. Und die Küche war eben ihr Revier.

„Mein Vater schickt mich. Ich habe mehrere Kisten erstklassigen Chardonnay im Wagen, den ich zu Shannon bringen soll. Ich wollte sie fragen, wo ich den Wein abstellen soll, aber wenn du da bist, kannst du das ja erledigen“, schloss er schon etwas hoffnungsfroh.

Die Aussicht, sich mit Shannon abgeben zu müssen, behagte ihm wohl nicht. Entweder wollte er einem Streit aus dem Weg gehen oder er hatte Angst davor, Shannon könnte auch ihn verkuppeln. Dann wäre es schnell vorbei mit seinem flotten Junggesellenleben.

„Tut mir leid, aber du wirst schon selbst mit ihr sprechen müssen. Ich muss zu einem Gast.“

Schadenfroh registrierte ich das lange Gesicht, das er daraufhin zog. Mein Mitleid hielt sich jedoch in Grenzen. Kyle sollte ruhig ein wenig leiden, immerhin war es mir seinetwegen ähnlich ergangen, auch wenn er das sicher nicht bewusst forciert hatte. „Ist sie da drin?“, fragte er und deutete auf die Küchentür.

Ich nickte. „Ja, lauf einfach durch. Sie wird dir schon sagen, wo du die Kisten abladen kannst.“

„Könntest du vielleicht doch …“

„Tut mir leid“, unterbrach ich ihn. „Ich muss diesen Blaubeermuffin abliefern.“

Meine Lippen zuckten, als ich mich an ihm vorbeischob und schnurstracks zu Mr. Potter marschierte. „Hier, bitte schön, Mr. Potter. Lassen Sie es sich schmecken.“

„Oh, herzlichen Dank, Kelly“, freute er sich und strahlte übers ganze dickliche Gesicht. Ich stellte den Teller vor ihm ab und warf einen verstohlenen Blick rüber zu Kyle, der gerade die Küche betrat. Mann, wie gern hätte ich jetzt Mäuschen gespielt. Shannon würde ihm keinen allzu warmherzigen Empfang bereiten.

Kurz darauf betrat Jenny das Restaurant. Nach einer raschen Übergabe marschierte ich in Shannons Büro, nahm den Autoschlüssel vom Haken und machte mich mit dem Lieferwagen auf den Weg zu Josh.

Seine Werkstatt befand sich am Stadtrand von Harmonville, direkt neben dem Eisenwarengeschäft und dem Tierfuttermarkt. Ich parkte Shannons Van direkt vor der Halle und stieg aus. Die Sonne brannte auf mich herunter und ich beeilte mich, schnellstmöglich in sein Büro zu gelangen.

Die Jalousien waren ein gutes Stück heruntergelassen, sein Schreibtisch nicht besetzt. Also schraubte er gerade in der Werkstatt herum. Ich sah mich kurz um, ehe ich die Halle betrat. Hässliche, aber zweckmäßige Büroschränke, in denen er seine Unterlagen aufbewahrte. In der Ecke stand ein kleiner Tisch mit einer Kaffeemaschine darauf. Die Tasse mit dem nackten Playmateaufdruck sah benutzt aus, der Papierkorb unter dem Schreibtisch war randvoll und musste dringend geleert werden. Ansonsten herrschte durchaus Ordnung im Raum.

Durch eine Verbindungstür trat ich in die Halle. Es roch nach Motoröl und Benzin. Ein Wagen befand sich auf der Hebebühne. Josh machte sich mit konzentrierter Miene daran zu schaffen und bemerkte mich gar nicht. Mit einigem Kraftaufwand zog er mit einem Schraubenschlüssel etwas fest, seine Muskeln spannten sich hart an und mir wurde der Mund wässrig. Was hätte ich dafür gegeben, nur einmal darüberzustreichen.

Ich stieß einen unartikulierten Laut aus, was seine Aufmerksamkeit auf mich zog. Josh blickte in meine Richtung und ließ den Arm sinken. Puh, gerade noch rechtzeitig, bevor ich mich hier auflöste.

„Kelly, was machst du denn hier?“

„Ich bringe dir Shannons Van, sie selbst hat keine Zeit“, teilte ich ihm mit. Das Herz schlug mir bis zum

Hals, als er sich auf mich zubewegte, dann nahm ich meinen Mut zusammen. „Außerdem muss ich dringend mit dir reden."

Augenzwinkernd kam er noch ein Stückchen näher. „Das hört sich ja todernst an."

Er wischte sich achtlos die Handflächen an seinem T-Shirt ab, das ohnehin schon eine Menge dunkler Flecken aufwies. Bevor er mich wie üblich umarmte, warf er mir einen entschuldigenden Blick zu. „Warte kurz, ich zieh mir ein frisches Shirt über."

Noch im Laufen griff er an den Saum und zog sich das dreckige Kleidungsstück über den Kopf, während er auf den Nebenraum zusteuerte. Dort bewahrte er seinen persönlichen Kram auf, auch ein Waschbecken befand sich darin. Mir wurde beim Anblick seines nackten Rückens die Kehle eng. Mehr noch, es verschlug mir förmlich den Atem, weil mich die makellose Schönheit seines Körpers so beeindruckte. Beim Schwimmen hatte ich ihn schon tausend Mal oben ohne gesehen, aber hier, in seiner Werkstatt, und in Kombination mit der tief sitzenden dreckigen Jeans über seinem festen Hintern sorgte das Spiel seiner ausgeprägten Rückenmuskulatur für heftigste Hitzewallungen innerhalb meiner weiblichsten Region. Er verschwand nebenan, ich hörte Wasserrauschen, sobald er sich die Hände und vermutlich auch das Gesicht wusch. Als er wieder zurückkam, hingen in seinen Wimpern noch einzelne Wassertropfen.

„Willst du auch was trinken?"

Ich nickte wortlos, mein trockener Mund ließ gerade keine vernünftige Artikulierung zu. Josh zog den Kühlschrank auf, der neben der Bürotür in der Nähe der Werkbank stand, und holte zwei eisgekühlte Dosen heraus.

„Hier!" Eine davon warf er mir zu.

Ich fing sie trotz meines benebelten Zustandes sicher auf und presste ein „Danke“ heraus. Ich zog an der Lasche. Ein paar Tropfen Limonade spritzten auf meine Unterlippe und ich leckte sie auf, doch das bisschen Feuchtigkeit reichte bei Weitem nicht aus, um mich abzukühlen. Es hätte nicht viel gefehlt und ich hätte mir die kalte Dose an die Wange gelegt, stattdessen nahm ich einen riesengroßen Schluck nach dem anderen, bis ich die Dose fast komplett geleert hatte, um das Brennen von innen zu mildern. Dabei warf ich einen flüchtigen Blick auf Josh und merkte, wie eingehend er mich beobachtete. Prompt musste ich husten, da mein Gehirn so beschäftigt damit war, die Schönheit seiner Augen zu würdigen, dass es vergaß, die für den Schluckreflex notwendigen Muskeln zu aktvieren.

Meine Fresse, wenn das so weiterging, würde Josh in Windeseile herausfinden, was mit mir los war, und ich war noch nicht bereit für so ein Outing. Während ich noch nach Luft rang, brauchte er zwei Schritte und klopfte mir auf den Rücken.

„Alles okay so weit?“

Ich nickte. „Ja, geht schon. Hab mich verschluckt“, würgte ich überflüssigerweise hervor und hasste den knödeligen Klang meiner Stimme. Alles andere als sexy. Verdammt.

„Okay, jetzt mal raus mit der Sprache. Worum geht's?“

Er setzte die Dose an die Lippen und trank sie in einem Zug leer. Sein Bizeps spannte sich an, als er den Arm anwinkelte. Mir wurde schummrig. Ich würde sterben, an einem Kollaps, an Sauerstoffmangel oder an Herzrasen.

„Es gibt da etwas, von dem du erfahren solltest“, krächzte ich und obwohl ich gerade erst etwas getrunken hatte, staubte meine Kehle schon wieder. Ich trank die Dose leer und zögerte damit, fortzufahren. Mir war nicht wohl bei der ganzen Geschichte, denn ich fürchtete seine Reaktion und seinen Kummer. Da ich noch immer nicht wusste, wie ich dieses Thema anschneiden sollte, fing ich an, Zeit zu schinden. „Hast du noch was zu trinken für mich?“

Josh hob kurz die Augenbrauen, weil man mich sonst immer zum Trinken zwingen musste. Er warf mir einen langen Blick zu. „Aber sicher …“ Er holte mir noch eine Limo. Dieses Mal nippte ich nur daran und dachte angestrengt darüber nach, wie ich ihm Vanessas Verrat schonend beibringen konnte.

Nach einigen Augenblicken verlor er die Geduld. „Kelly, jetzt rück schon raus mit der Sprache.“

Er war näher gekommen und stand jetzt direkt vor mir. Die Angst davor, alles zu verlieren, was uns ausmachte, und die Sorge in seinen Augen trieben mir die Tränen in die Augen.

„Hey, sag mal, weinst du etwa?“ Er klang total erschüttert, denn normalerweise heulte ich nicht so schnell. Das war nun das zweite Mal innerhalb von vierundzwanzig Stunden, dass mir das Wasser in die Augen stieg.

„Ich weine nicht, ich …“ Mir brach die Stimme weg, einfach so. Bevor ich weiterreden konnte, zog er mich in eine ungemein tröstende Umarmung. Eingehüllt von seinem Duft und seiner Wärme handelte ich ganz instinktiv und schlang die Arme um seine Hüften. Ich hielt mich an ihm fest, als würde mein Leben davon abhängen.

Seine Lippen lagen an meiner Schläfe. „So, und jetzt sagst du mir bitte, was mit dir los ist.“

Nach dem dritten inneren Anlauf nahm ich all meinen Mut zusammen und bog meinen Kopf ein wenig nach hinten, um ihm besser in die Augen sehen zu können, während ich mich bereit machte, ihn über die Verlogenheit seiner Verlobten zu informieren.

„Josh, es gibt da etwas, das du wissen solltest, und wenn ich es dir nicht erzähle, wirst du den größten Fehler deines Lebens begehen. Das könnte ich mir niemals verzeihen.“

Seine Miene spannte sich an. Josh kannte mich. Ich neigte nicht zum Dramatisieren und dass ich hier so rumeierte, musste ihn misstrauisch machen. Seine lockere Stimmung verflog endgültig, dafür nahm der unangenehme Druck in meiner Brust kontinuierlich zu. Enge, ich fühlte mich unwohl, nicht frei. Eine natürliche Reaktion, wenn man bedachte, dass ich meinem besten Freund gleich furchtbar wehtun musste.

„Erzähl mir jetzt bitte, was los ich“, forderte er mich bestimmt auf.

Ich nickte, holte tief Luft und fing an zu reden. Zuerst nur ganz stockend, doch nach einigen Sätzen sprudelten die Worte nur so aus mir heraus. Als ich meinen Bericht beendet hatte, fühlte ich tiefe Erleichterung, die aber nicht lange vorhielt. Er ließ mich ganz langsam los und trat drei Schritte von mir weg. Es war beinahe so, als könnte er meine Nähe nicht mehr ertragen. Meine … nicht die von Vanessa. „Verdammt Kelly, was soll der Mist?“, fuhr er mich an.

Okay, dass er so reagieren würde, war vorauszusehen gewesen und doch schockierte es mich. Josh wirkte keineswegs gebrochen, sondern unglaublich wütend. So kannte ich ihn nicht, jedenfalls nicht mir gegenüber. Sein Zorn schockte mich, mehr noch als Vanessas Affäre mit diesem Mann.

„Josh, ich …“

„Das hätte ich niemals von dir gedacht“, fauchte er mich an.

„Was meinst du damit?“, fragte ich wie betäubt, obwohl ich die Antwort kannte.

Er glaubte mir nicht. Es war gar nicht nötig, es direkt auszusprechen, sein Gesichtsausdruck sprach Bände. Kälte kroch in mein Herz, ließ es erstarren. Mein bester

Freund kam mir in diesem Augenblick vor wie ein Feind.

„Wieso lügst du mich an?" Die Enttäuschung in seiner Stimme schmerzte mindestens so sehr wie meine eigene. „Ich dachte, du bist meine Freundin, Kelly, und bis zum heutigen Tag war ich der Meinung, du gönnst mir mein Glück mit Vanessa, aber ich sehe schon, dass das ein Irrtum war." Er schüttelte ungläubig den Kopf, seine gesamte Körperhaltung verkrampfte sich. „Verrat mir eins: Wieso willst du mir alles kaputtmachen? Bist du so eifersüchtig, dass du dir irgendeine bescheuerte Geschichte ausdenken musst? Das ist scheiße, Kelly."

Meinem Blick ausweichend, fuhr er sich mit einer ruppigen Bewegung durch sein dunkelbraunes Haar, ich starrte nur noch auf sein abweisendes Profil und für mich brach eine Welt zusammen.

„Josh, ich weiß, das muss ein Schock für dich sein, aber glaub mir, ich lüge nicht. Und es ist auch nicht so, dass ich dir dein Glück nicht gönnen würde, aber ich kann doch nicht dabei zusehen, wie sie dich betrügt, und dir nichts davon erzählen."

Meine beschwörenden Worte stießen auf taube Ohren. Josh wollte mir nicht glauben und seine Reaktion fiel dementsprechend unversöhnlich aus.

„Ach, tu doch nicht so, als würde dir das leidtun. Du kannst Vanessa nicht ausstehen, das ist mir neulich klar geworden, als du im Restaurant so komisch reagiert hast. Spätestens, als du mir gestern gestanden hast, du hättest Angst davor, unsere Freundschaft könnte leiden, war ich mir sicher. Und jetzt erfindest du irgendeinen Blödsinn, um mich und Vanessa auseinanderzubringen."

Dass ich sie nicht mochte, konnte ich schlecht leugnen, aber dass er mir unterstellte, ich würde absichtlich seine Beziehung kaputtmachen, das konnte und wollte ich nicht auf mir sitzen lassen.

„Ja, ich mag sie nicht, das stimmt. Ich habe ihr nie über den Weg getraut und seit gestern weiß ich auch wieso." Aus zusammengekniffenen Augen musterte ich seine bis zur Unkenntlichkeit verzerrten Gesichtszüge. Dass Josh aufbrausend sein konnte, hatte ich schon oft erlebt, aber noch nie mir gegenüber. Ich hasste es, auf diese Weise von ihm angesehen zu werden, gab aber nicht klein bei.

„Scheiß mich ruhig zusammen, aber das ändert nichts an den Tatsachen. Sie betrügt dich. Ich habe gehört, wie sie mit diesem Kerl telefoniert hat, als ich ins Bad wollte. Denkst du ernsthaft, ich würde mir so was ausdenken, um deiner Beziehung zu schaden?"

Manchmal brauchte es keine Worte, um etwas auszudrücken. Seine Miene sagte alles. Mein Herz klopfte wie verrückt, weil unsere Freundschaft innerhalb weniger Sekunden den Bach runterging. So viele Jahre Vertrauen … und es bedeutete ihm einen Scheißdreck. Wie konnte er nur glauben, ich wäre zu so was fähig?! Wir waren Seelenverwandte, die erzählten sich *immer* die Wahrheit, und doch verwandelte sich Josh direkt vor meinen Augen in einen Fremden.

„Josh? Ich habe dich eben was gefragt." Meine Stimme hatte einen drängenden Unterton, ich gab ihm eine letzte Chance, alles geradezurücken. „Denkst du wirklich, ich lüge dich an?"

Sag Nein, sag Nein, bitte, bitte, sag Nein, echote es in mir.

Er presste seine vollen Lippen zu einem schmalen Strich zusammen.

„Du hast gestern erst gesagt, du hättest Angst, mich zu verlieren, wenn ich sie heirate, und heute zauberst du eine absurde Fremdgehgeschichte über sie aus dem Hut. Sorry, Kelly, aber das sind mir einfach zu viele Zufälle. Warum hast du gestern nichts gesagt? Nachdem sie vom Telefonieren wieder zurückkam, wäre doch genug Gelegenheit gewesen. Vanessa hätte sich wenigstens gegen deine Behauptungen zur Wehr setzen konnen.“ Er schüttelte den Kopf. „Ehrlich, du hast so einen Mist gar nicht nötig. Ich hab dir doch gesagt, zwischen uns würde sich nichts ändern, aber wenn du mir mit so was kommst … Wie soll ich dir noch vertrauen?“

Da sprach gerade der Richtige, wenn es um dieses sensible Thema ging. Aber er schenkte es ja lieber seiner betrügerischen Vanessa. Vor lauter Wut hätte ich um mich treten können oder ihm eins mit dem Schraubenschlüssel überziehen können. Es war unglaublich! Sie betrog ihn nach Strich und Faden und *ich* war die Dumme.

Für einen Moment schien es, als würde er unsicher werden, dann schüttelte er energisch den Kopf und drehte sich von mir weg. „Ich glaube, es ist besser, wenn du jetzt gehst, bevor wir beide etwas sagen, das wir später bereuen.“

So einfach wollte ich mich nicht geschlagen geben.

„Aber wieso glaubst du mir nicht? Ich meine … ich bin’s. Erinnerst du dich? Deine beste Freundin“, rief ich ihm ins Gedächtnis. Ich konnte nicht gehen, solange das nicht geklärt war. Er *musste* mir einfach glauben oder unsere Freundschaft würde das nicht überleben.

„Bitte, Kelly, mach es nicht noch schlimmer.“ Er klang müde und unterstrich das noch mit einer entsprechenden Handbewegung. „Wir reden noch mal darüber, wenn ich mich wieder beruhigt habe. Ich weiß nicht, was du dir da einredest, aber du täuschst dich. Du hast bestimmt etwas falsch verstanden.“

Jetzt sah er mich ernst an, seine schönen grünen Augen waren voller Zuversicht. „Vanessa liebt mich. Sie würde mich niemals mit einem anderen Mann betrügen.“

Das war’s, dachte ich unendlich traurig.

„Manchen Leuten sieht man nicht gleich an, was sie verbergen“, erwiderte ich mutlos und fühlte mich einfach furchtbar. Zurückgewiesen, enttäuscht und am Boden zerstört. Hätte ich doch nur meine Klappe gehalten und einfach so wie bisher weitergemacht. Vielleicht hätte sich alles von selbst erledigt, und wenn nicht, hätte ich wenigstens nicht so eine enttäuschende Erfahrung machen müssen, wie das gerade in diesem Augenblick geschah.

Entmutigt wich ich seinem Blick aus und machte einen Schritt zurück.

„Ich glaube, ich werde jetzt wirklich gehen. Im Moment haben wir uns nichts weiter zu sagen."

Ohne ein weiteres Wort drehte ich mich um und verließ die Werkstatt.

Kapitel 7

Die nächsten zwei Stunden verbrachte ich wie in Trance. Ich musste noch zum Einkaufen, wenn ich heute Abend nicht verhungern wollte, und lief automatisch in den kleinen Supermarkt, der sich im Stadtkern von Harmonville befand. Den Weg dorthin bewältigte ich wie ein seelenloser Roboter, genauso emotionslos erledigte ich auch meine Einkäufe, lächelte künstlich und hielt Small Talk mit der Kassiererin. Irgendwann machte ich mich wieder auf den Weg nach Hause, mit der Papiertüte unterm Arm und dicken Augen, weil sich meine Tränen stauten.

Unterwegs kam ich auch an Joshs Haus vorbei, es ließ sich nicht vermeiden. Sein Bike stand vor der Garage, viel früher als sonst. Er war also so schnell wie möglich zu ihr gefahren. Ich blieb stehen und überlegte, ob ich klingeln sollte, um ihn doch noch um eine Aussprache zu bitten. In diesem Augenblick ging die Haustür auf und Josh kam heraus. Er lief zum Briefkasten, doch bevor er die Post holen konnte, entdeckte er mich auf der anderen Straßenseite und hielt mitten in der Bewegung inne. Noch vor vierundzwanzig Stunden hätte er mich lächelnd zu sich gewunken und auf ein Bier und eine Pizza eingeladen, nun wandte er sich grußlos ab und verschwand im Haus, ohne die Post mitzunehmen oder mir noch einen Blick zu gönnen.

Niedergeschlagen trottete ich nach Hause, verstaute die Einkäufe und warf mich dann den Tränen nahe auf mein Sofa. Das Weinen verkniff ich mir trotzdem und ging im Geist noch mal die Unterhaltung mit Josh durch. Ich konnte es nicht leugnen, ich hatte alles gründlich vermasselt. Josh war blind vor Liebe und mir hätte bei aller Freundschaft klar sein müssen, dass er meine Geschichte in Zweifel ziehen würde. Dass er mir allerdings zutraute, ihn absichtlich zu täuschen, das hätte ich in hundert Jahren nicht vermutet.

Und jetzt? Wie sollte es weitergehen?

Trübsinnig drehte ich mich auf den Rücken und starrte an die Decke. Eine feine Kerbe zog sich dort über die gesamte Fläche. Josh hatte sich das mal genauer ansehen wollen, um herauszufinden, ob es nur an der Farbe lag oder ob es sich doch um einen Riss in der Deckenfassade handelte. Unter diesen Umständen konnte ich mir das wohl abschminken.

Seufzend drehte ich den Kopf und sah aus dem Fenster. Die Sonne ging langsam unter, ein glühend roter Feuerball, der sich hinter dem Horizont absenkte. Ich konnte von hier aus direkt auf die Straße und die Vorgärten meiner Nachbarn schauen. Gestutzte Bäume, gepflegte Blumenbeete und Sträucher. Mr. Archer, ein Rentner, der mir gegenüber wohnte, schnitt gerade seinen Rosenstrauch zurück. Das erinnerte mich daran, dass ich auch mal wieder Hand an meinen winzigen Garten legen sollte, doch mein grüner Daumen war nicht sehr ausgeprägt und ich schob das immer wieder von mir weg. Würde Josh mich nicht immer so lange triezen, bis ich mir freiwillig die Gartenschere schnappte, wäre schon längst alles verwildert.

Ob wir jemals wieder so ungezwungen miteinander umgehen könnten wie bisher? Der Gedanke, es könnte nicht so sein, brachte mich nun doch zum Heulen. Tränenblind sah ich Mr. Archer dabei zu, wie er hingebungsvoll an seinen Rosen herumschnippelte, während in meinem Kopf die Gedanken wild durcheinandertosten. Das konnte doch nicht das Ende gewesen sein? So viele Jahre, und dann auf einen Schlag so ein Zerwürfnis! Ich wollte das nicht zulassen und auf einmal wusste ich genau, was zu tun war.

Abrupt setzte ich mich auf, erhob mich. Warum sollte ich dieses Weib kampflos gewinnen lassen? Sie saß jetzt wahrscheinlich in seinem Haus und freute sich über ihren Sieg, doch so einfach würde ich es ihr nicht machen. Mein Plan war, sie direkt vor Josh mit Details ihres Telefonats zu konfrontieren. Sie war ja so dumm gewesen, ihren Lover beim Namen zu nennen. Es war sicher ein Leichtes herauszufinden, ob es tatsächlich einen Piloten namens James gab, mit dem sie regelmäßig flog. Und woher sollte ich den Namen sonst kennen, wenn nicht durch das belauschte Gespräch? Selbst wenn Josh mir danach immer noch nicht glaubte, so würde er zumindest misstrauischer werden und nicht mehr blauäugig alles glauben, was sie ihm in Zukunft erzählte. Allein deswegen musste ich noch einmal zu ihm.

„Dir werd ich's zeigen“, murmelte ich, bereit, meinen Stolz und meine Würde zu verteidigen, indem ich vor Josh auf meiner Geschichte beharrte. Mit ein bisschen Glück verstrickte sie sich in so viele Widersprüche, dass er dann doch in Erwägung zog, mir zu glauben.

Eine Energiewelle pulste durch meinen Körper. Ich stapfte ins Bad und klatschte mir kaltes Wasser ins Gesicht, um die roten Flecken darauf verschwinden zu lassen. Das sah wirklich nicht sonderlich attraktiv aus, und ich war Frau genug, um Josh nicht wie ein verheulter Albino entgegentreten zu wollen.

Während ich mich ein bisschen zurechtmachte und sogar einen Hauch Parfum auftrug, um mich in Vanessas Gegenwart nicht wie ein Bauerntrampel zu fühlen, fragte ich mich, ob es nicht völlig bescheuert von mir war, noch einmal zu ihm zu gehen. Doch die Erinnerung an Vanessas Telefongespräch ließ alle Zweifel verblassen. Sie hatte zu dem Typen gesagt, dass sie Josh für ihn verlassen hätte. Er war nur zweite Wahl für sie. Selbst wenn mein Plan nicht funktionierte, wäre Vanessa gewarnt und sie würde sich in Zukunft vielleicht zurückhalten, was andere Männer anging. Und wenn nicht, nun … ich war da und ich würde sie beobachten.

Sollte sie jemals wieder fremdgehen, dann würde ich Josh nicht unvorbereitet und ohne Beweise informieren.

Ich wartete, bis es völlig dunkel war, ehe ich mich auf den Weg zu Josh machte. Die Nachtluft fühlte sich angenehm lau an, sie strich sanft über meine erhitzte Haut und ich empfand mit jedem Schritt ein bisschen mehr Zuversicht, weil ich um den Mann kämpfen wollte, den ich liebte. Da, jetzt hatte ich es endlich beim Namen genannt und es fühlte sich großartig an. Ich schwebte förmlich auf Wolken. Ja, ich liebte Josh und ich würde ihn nicht dieser verlogenen Kuh überlassen.

Ein zaghaftes Lächeln breitete sich auf meinem Gesicht aus. Irgendwie schien am heutigen Abend etwas Besonderes in der Luft zu liegen, etwas nicht Greifbares, und doch stand mir wohl eine Veränderung bevor. Durch den Streit hatten wir eine Grenze gesprengt, die Linien unserer Freundschaft verschwammen und ließen Raum für mehr. Verdammt schade, dass Josh so vernarrt in Vanessa war und dieser Umschwung unbemerkt an ihm vorbeiglitt. Aber ich würde nicht still und leise aus seinem Leben verschwinden. Josh würde nach dem heutigen Abend – egal, wie er ausging – noch lange an mich denken müssen.

Mein Enthusiasmus ließ ein wenig nach, sobald ich vor seinem weiß gestrichenen Haus stand. Unbehaglich sah ich mich um. Die Straßenbeleuchtung war an, in allen Häusern brannten Lichter, vermutlich saßen die meisten nach dem Abendessen vor dem Fernseher. Joshs Motorrad stand nicht mehr vor der Garage, sondern befand sich darin. Stirnrunzelnd trat ich näher. Komisch. Vanessas roter Sportflitzer war weg. Er stand auch nicht am Straßenrand.

Nun registrierte ich, dass im Gegensatz zu den anderen Häusern bei Joshs überhaupt kein Licht brannte. Nur das Lämpchen unterm Vordach seiner Haustür war an, aktiviert durch den Bewegungsmelder, sobald ich mich genähert hatte. Doch hinter den durch Gardinen verdeckten Fenstern herrschte völlige Dunkelheit.

Waren sie gemeinsam nach Santa Rosa gefahren? Was für ein Pech. Mutlos ließ ich die Schultern hängen und wollte schon wieder umkehren, als ich aus dem Haus ein lautes Poltern hörte. Mitten im Schritt wandte ich mich wieder um und horchte. Waren sie doch zu Hause? Aber wenn ja, wo stand dann ihr Wagen?

Neugierig geworden, bewegte ich mich auf den Eingangsbereich zu und sobald ich an der Tür stand, presste ich mein Ohr dagegen. Nichts rührte sich da drinnen, ich war mir aber sicher, dass ich mir den Krach eben nicht eingebildet hatte.

Entschlossen drückte ich auf die Klingel, wartete, klingelte noch mal und wartete erneut. Niemand öffnete, im Haus herrschte völlige Stille. Möglicherweise hatte ich mir das Geräusch doch eingebildet?

Mit einem resignierten Seufzen drehte ich mich um, als mich ein lautes Rumpeln stoppte, dicht gefolgt von einem furchtbaren Fluch. Eindeutig Joshs tiefe Stimme. Aber wenn er zu Hause war, warum öffnete er nicht? Er konnte ja nicht wissen, dass *ich* vor der Tür stand.

Da stimmte was nicht. Ohne mich um seine Privatsphäre zu kümmern, bückte ich mich und holte den Ersatzschlüssel unter dem Blumentopf hervor, den er für Notfälle dort aufbewahrte. Alle machten das so. In Harmonville herrschte noch eine beneidenswerte Heile-Welt-Mentalität und dementsprechend locker handhabte man auch die Sicherheitsmaßen fürs eigene Heim. Das schlimmste Verbrechen, das im letzten Jahr hier stattgefunden hatte, waren geklaute Kondome durch ein paar halbstarke Jugendliche. Die Jungs stellten sich damals so doof an, dass man sie sofort erwischte. Natürlich ging das wie ein Lauffeuer durch die Stadt, was für ziemliche Belustigung sorgte. Das war eben der Nachteil, wenn man in so einer Kleinstadtidylle lebte: Hier musste man nur einmal kräftig niesen und schon stand eine Hundertschaft an besorgten Nachbarinnen mit Tee und einer Schale Hühnerbrühe vor der Tür.

Ohne eine Spur von Gewissensbissen schloss ich die Tür auf und lief durch den dunklen Flur in Joshs Wohnzimmer. Auch hier lag alles komplett im Dunkeln.

„Josh, wo bist du?“

Ich hielt es für klüger, mich bemerkbar zu machen, da ich nicht riskieren wollte, eins mit dem Baseballschläger übergezogen zu bekommen, weil er mich für einen Einbrecher hielt. Außerdem konnte es durchaus sein, dass Vanessa doch hier war und ihr Wagen eventuell in seiner Werkstatt. Es wäre der Horror, in sein Schlafzimmer zu marschieren und die beiden in voller Aktion zu erwischen.

Ein unangenehmer Schauer jagte mir die Wirbelsäule entlang.

„Ahhh …“

Ein dumpfes und unheimliches Stöhnen brach die Stille. Im ersten Moment ging mir der Arsch auf Grundeis, denn wenn Josh nicht spontan beschlossen hatte, für eine Rolle in einem Zombiefilm zu üben, dann war er entweder verletzt oder ihm war hundeelend. Ich verließ das Wohnzimmer und schlich auf Zehenspitzen auf sein Zimmer zu. Ich pirschte mich heran, ganz vorsichtig, schnappte mir unterwegs die Vase auf seinem Schuhschrank, ein Geschenk von mir, da ich ihm immer wieder mal frische Blumen mitbrachte, um seiner Junggesellenbehausung einen freundlicheren Touch zu verleihen.

So bewaffnet und auf die Gefahr hin, ihn eventuell doch mit Vanessa beim Sex zu erwischen, näherte ich mich der verschlossenen Tür. Ich klopfte. „Josh, alles okay bei dir? Kann ich reinkommen?“

Erneut dieses furchtbare Stöhnen, und in gewisser Weise verspürte ich Erleichterung, auch wenn die Sorge um ihn überwog. Was immer er da drin auch trieb, es hatte nichts mit Sex zu tun.

Tief durchatmend und mit rasendem Puls drückte ich die Tür auf und betrat sein Zimmer. Die Nachttischlampe brannte, lag aber auf dem Boden. Ich entdeckte ihn auf dem Bett. Er war allein, streckte auf dem Bauch liegend alle viere von sich und rührte sich nicht. Ohne Umschweife lief ich auf ihn zu und setzte mich vorsichtig neben ihn.

„Josh … alles okay bei dir?“ Ich begutachtete seinen Kopf und auch den Rest von ihm, um mich zu vergewissern, dass ihn keine Verletzung ausgeknockt hatte. Josh verfügte über einen enorm leichten Schlaf, selbst ein Räuspern konnte ihn wecken. Dass er nicht wie eine Rakete vom Bett geschossen war, als ich sein Schlafzimmer betrat, konnte nur bedeuten, dass es ihm irgendwie schlecht ging. Doch ich entdeckte auf den ersten Blick kein Blut oder sonstige Anzeichen einer Verletzung. Aber ein komischer Geruch lag in der Luft. Ein wenig befremdet rückte ich näher an ihn heran und schnupperte. Ein intensiver, strenger Gestank ging von ihm aus und ich wusste sofort, was hier los war. Beruhigt, aber auch empört wich ich zurück und machte mir keine Mühe mehr, leise zu sein.

„Joshua Whittaker, du bist ja sternhagelvoll!“

Nach meinem Ausruf brummte er nur, ich schüttelte den Kopf und betrachtete ihn fassungslos. Er trank nie. Sein Vater hatte getrunken und so den Unfall verursacht, der auch Joshs Mutter das Leben gekostet hatte. Als Teenager, eine Zeit, in der alle Jugendlichen mit Alkohol herumexperimentiert hatten, war er einer der wenigen gewesen, die komplett auf Sauforgien verzichtet hatten, da er genau wusste, was das für Folgen haben konnte. Ein Glas Wein oder mal ein Feierabendbier war alles, was er sich an alkoholischen Getränken gestattete. Und jetzt das!

„Josh, wach auf und sag mir sofort, warum zum Teufel du stinkst, als wärst du in ein Whiskeyfass gefallen.“

Da er nicht reagierte, rüttelte ich ihn an der Schulter, was er mit einem unwilligen Murren zur Kenntnis nahm.

„Hau ab, lass mich in Ruhe“, lallte er. Sein Gesicht, im Kissen vergraben, drehte sich seitwärts, sodass ich einen schnellen Blick auf eine zerknautschte Gesichtsseite werfen konnte. Sobald er mich erblickte, stieß er ein schwer zu deutendes Ächzen aus und steckte die Nase wieder in das Polster. Er würde noch ersticken, wenn er so weitermachte.

„Josh, setz dich auf!“, befahl ich streng. „Sag mir, was hier los ist!“

Natürlich tat er nichts dergleichen, als schob ich meinen Arm unter seinen angewinkelten Ellenbogen und zog ihn unter allergrößter Kraftanstrengung zur Seite. Er plumpste wie ein Stein auf den Rücken und schien endlich zu sich zu kommen. Jammernd griff er sich an den Kopf und sah mich aus blutunterlaufenen Augen an.

„Kelly, was zur Hölle machst du hier?“, fragte er krächzend. Auch wenn er nun einigermaßen wach wirkte, hatte er seine Stimme noch nicht unter Kontrolle. Er hörte sich furchtbar an.

„Ich wollte unbedingt noch einmal über die Sache von heute Mittag reden, aber ich fürchte, in deinem Zustand brauchst du eher eine eiskalte Dusche, einen Kaffee und eine Schmerztablette.“ Ich rümpfte missbilligend die Nase. „Meine Güte, du stinkst wie eine ganze Whiskeybrennerei.“

Er zuckte bei meinen Worten ein wenig zusammen, was nun doch meine mütterliche Ader zum Leben erweckte. Auch wenn er mich wirklich mies behandelt hatte, so war er immer noch mein bester Freund, selbst wenn meine Gefühle momentan völlig verruckt spielten, sobald es um ihn ging.

Versöhnlich legte ich meine Hand über seine und registrierte beifällig, dass er sie nicht gleich wegzog. Das wertete ich als positives Zeichen.

„Was ist denn passiert, Josh? Wo ist Vanessa?"

Seine Mundpartie verhärtete sich, auf einmal wirkte er recht nüchtern. „Vanessa ist weg und sie wird auch nicht mehr wiederkommen."

Er sprach langsam, fast schon schleppend, dann drehte er sich von mir weg und stierte schweigend auf die Wand. Seufzend ließ ich ihm einen Moment Zeit, um seine Sinne zu sammeln. Ich konnte mir schon denken, was hier los war, aber ich hütete mich davor, voreilige Schlüsse zu ziehen und mich zu früh zu freuen. Wenn meine Vermutung stimmte, dann war die Beziehung der beiden am Ende und Josh hatte daraufhin bis zur Besinnungslosigkeit gesoffen. Dass ihm diese blöde Kuh genug bedeutete, um sich ihretwegen zu betrinken, verursachte Magenkrämpfe bei mir.

Wenigstens ist sie weg, flüsterte mir mein Unterbewusstsein zu. *Du hast jetzt freie Bahn, mach was draus.*

Ich versuchte trotzdem, mich neutral zu verhalten. Meinem besten Freund ging es schlecht und alles andere musste wirklich warten. Trotzdem fiel es mir schwer. Unser Streit hatte mir die Zerbrechlichkeit unserer Freundschaft vor Augen geführt, die ich bis heute Morgen für unantastbar gehalten hatte. Meine Augen blieben an seinem verkniffenen Mund hängen, kein Lächeln lockerte die Härte seiner Mundpartie auf, er wirkte verbittert und desillusioniert.

„Josh, magst du mir erzählen, was passiert ist?", fragte ich behutsam.

Er setzte sich auf und verzog dabei das Gesicht. Bestimmt war ihm schwindelig oder ihm brummte der Schädel.

„Sie war die ganze Zeit über mit einem Piloten zusammen und hat mich als Druckmittel benutzt, damit der Kerl endlich seine Frau verlässt“, erwiderte er mit rauer Stimme. Es fiel ihm sichtlich schwer, das auszusprechen. Nicht nur sein Herz hatte Schaden genommen, auch sein Stolz hatte gelitten. Er sah hoch. „Du hast mir die Wahrheit gesagt und ich wollte es einfach nicht glauben.“

Nun konnte er meinem Blick nicht länger standhalten und senkte den Kopf.

„Ich bin nach unserem Streit nach Hause, um sie mit deiner Geschichte zu konfrontieren. Auch wenn ich in der Werkstatt wie ein Idiot reagiert habe, wurde mir auf dem Heimweg klar, dass du so was nicht erfindest.“ Nun stahl sich doch ein winziges Lächeln auf seine Mundwinkel. „Du würdest mir nie absichtlich wehtun, aber in dem Moment ist einfach mein Temperament mit mir durchgegangen und dann hab ich mir eingeredet, du hättest vielleicht etwas falsch verstanden. Also bin ich los, um das aus der Welt zu schaffen. Danach wollte ich zu dir, um mich zu entschuldigen, aber dazu ist es gar nicht mehr gekommen.“

Mit jedem Satz wurde seine Stimme rauer, er rang um Fassung. Spontan ergriff ich seine Hand, um es ihm leichter zu machen. Sie war eiskalt.

„Kaum war ich zur Tür hereingekommen, da sah ich ihre gepackten Koffer.“ Er stockte kurz. „Sie kam aus dem Wohnzimmer, dann hat sie mir den Verlobungsring in die Hand gedrückt und gesagt, wir hätten eine schöne Zeit zusammen gehabt, aber dass sie sich nicht vorstellen könnte, lebenslang mit einem Mechaniker in so einem Kaff festzusitzen.“ Er lachte zynisch, doch in seinen Augen lag unendliche Traurigkeit.

Mein Brustkorb zog sich zusammen, ich hasste es, ihn so zu erleben, und diese falsche Schlange hasste ich noch viel mehr, weil sie es gewagt hatte, Josh so zu verarschen.

„Sie hat es nie ernst gemeint, Kelly, und du hattest mit allem recht. Sie hatte die ganze Zeit über eine Affäre mit einem Piloten und hat meinen Antrag nur angenommen, um eine Entscheidung zu erzwingen." Er grinste freudlos. „Wenigstens hat ihre Taktik funktioniert. Der Kerl hat Panik bekommen und sich von seiner Frau getrennt." Er machte eine kurze Pause und sah mich reuevoll an. „Es tut mir leid. Du wolltest nur helfen und ich habe mich dir gegenüber wie ein Arschloch benommen." Mutlos ließ er den Kopf hängen. „Ich bin ein schlechter Freund, Kelly. Ich versteh gar nicht, warum du hier bist, nachdem ich dich so mies behandelt habe."

Er sah so fertig aus, dass ich nicht mal einen Funken Triumph empfand, denn ich konnte mir ausmalen, wie es in ihm aussehen musste. Obwohl ich im tiefsten Inneren davon überzeugt war, dass ihm gar nichts Besseres hätte passieren können, so brauchte er doch Trost und Zuwendung. Freundschaft bedeutete Verzeihen und Vergessen, die gab es nicht in gefälliger Lightversion, sondern sie musste auch Krisen überstehen. Also kroch ich zu ihm aufs Bett und nahm sein Gesicht zwischen meine Hände. Seine Augen weiteten sich überrascht, er sagte aber nichts, sondern ließ mich sprechen.

„Dass sie dir das angetan hat, tut mir unendlich leid für dich, Josh. Ehrlich. Das hast du nicht verdient. Und die Sache in der Werkstatt vergessen wir einfach. Unsere Freundschaft ist stark genug, um das auszuhalten, und du warst bestimmt geschockt und verwirrt. Eine eifersüchtige beste Freundin ist sicher besser zu ertragen als eine betrügerische Verlobte. Ich versteh das … aber du musst jetzt versuchen, das hinter dir zu lassen. Sie hat ihre Entscheidung getroffen, und dich zu betrinken hilft dir nicht weiter."

Er lächelte freudlos. „Du hast ja recht, aber als sie weg war und mir klar wurde, dass mein Leben gerade ein riesiger Haufen Scheiße ist, wollte ich einfach nur vergessen.“ Er schüttelte angewidert über sich selbst das Gesicht. „Als du bei mir vorbeigelaufen bist, wollte ich dich zuerst rufen, aber ich habe mich nicht getraut, nachdem ich mich dir gegenüber so unmöglich benommen habe. Also bin wieder rein, um mich mit einer Flasche Whiskey abzuschießen. Verdammt, genau wie mein Alter. Ich wollte nie so tief sinken.“

Eine ganze Flasche hatte er sicher nicht getrunken, dafür sprach er noch zu flüssig, auch wenn er nicht mehr ganz nüchtern wirkte. Der Schlaf, der ihn übermannt hatte, da sein Körper übermäßigen Alkoholkonsum nicht gewohnt war, hatte ihn vor einem Totalabsturz bewahrt. Dennoch musste er wohl zwei, drei Gläser über den Durst getrunken haben, was ihm sichtlich zu schaffen machte. Bestimmt brummte ihm der Schädel, außerdem war er ein wenig grün im Gesicht. Energisch nahm ich die Sache in die Hand, wild entschlossen, ihm in seinem Kummer beizustehen und ihn auf andere Gedanken zu bringen.

„Joshua Whittaker, du hörst jetzt auf, Trübsal zu blasen, und gehst erst mal duschen. Ich schaue inzwischen, ob ich was Essbares auf den Tisch bringe.“

Ich krabbelte vom Bett und sah ihn derart entschlossen an, dass er trotz seines Kummers lachen musste. Allerdings dauerte es nur einen Wimpernschlag lang und er griff sich mit schmerzverzerrter Miene an den Kopf.

„Verdammt, ich glaube, du hast recht.“ Er sah mich kurz an, seine verschleierten grünen Augen funkelten belustigt und mein Herz machte einen gewaltigen Satz, weil ich es geschafft hatte, ihn von seinen quälenden Gedanken an Vanessa abzulenken. „Ich werde tun, was du willst“, fuhr er fort und verzog die Lippen zu einem schiefen Grinsen. „Ich kann mich gerade selber nicht riechen, außerdem hab ich Angst, dass du mich sonst durchs Haus jagst und höchstpersönlich unter die Dusche verfrachtest."

Die Vorstellung von einem splitterfasernackten Josh unter einem Wasserstrahl trug nicht dazu bei, meine heftig erwachte sexuelle Begierde nach ihm einzudämmen. Mich räuspernd zog ich die Schultern ein und lächelte verkrampft. „Ab unter die Dusche!", wiederholte ich und machte einen Schritt zur Tür. „Ich geh inzwischen in die Küche."

Sein Bad befand sich direkt neben dem Schlafzimmer. Er schlurfte in den Raum und zog sich dabei das weiße Shirt aus. Genau wie heute Nachmittag erhaschte ich einen Blick auf seinen nackten Rücken, das breite Kreuz und die schlanken Muskeln an seinen Seiten, ehe er verschwand. Aufgeregt holte ich Luft, mir war schwindelig. Seit ich angefangen hatte, ihn auch als Mann wahrzunehmen, fiel es mir schwer, seine Attraktivität zu ignorieren, und als würde er das ahnen, zog er sich auf einmal bei jeder sich bietenden Gelegenheit aus.

Mit trockenem Mund und nicht jugendfreien Fantasien begab ich mich in seine Küche. Dort schnappte ich mir ein Glas und füllte es mit Leitungswasser, das ich in einem Zug hinunterstürzte. Anschließend plünderte ich seinen Kühlschrank und machte uns ein paar leckere Sandwiches.

Ich war gerade dabei, die Tomaten zu schneiden, als er schon wieder zurückkam. Frisch geduscht, mit nassem, nach hinten gekämmtem Haar und einem hinreißend verlegenen Lächeln auf den Lippen. Er trug immer noch kein Hemd und ich konnte kaum meine Augen von seinem durchtrainierten Oberkörper abwenden. Oh lieber Gott, ich würde *sterben* oder mich in meiner eigenen Feuchtigkeit auflösen, wenn er sich nicht bald was überzog. Es kostete mich alle meine Selbstbeherrschung, ihn nicht anzuspringen.

Josh stellte sich neben mich, beugte den Kopf und küsste mich freundschaftlich auf die Wange. „Danke, dass du mich zusammengestaucht hast. Das war wirklich nötig."

Ich lächelte ihn von unten her an und versuchte weiterhin ganz tapfer, seinen nackten Oberkörper zu ignorieren. Seine seidige, gebräunte Haut und sein Duft nach Duschgel und Mann machten mich fertig. Ich versuchte, mir nichts anmerken zu lassen, und antwortete mit einer gönnerhaften Handbewegung.

„Ach, lass nur. Du musst mir nicht danken. Außerdem warst du ja sowieso schon auf dem Weg nüchtern zu werden, so viel kannst du gar nicht getrunken haben, wenn du so schnell wieder fit bist", wiegelte ich ab. Das war natürlich meilenweit von der Realität entfernt.

Josh verzog den Mund zu einem halben Lächeln. „Fit ist was anderes. Ich vertrage nur nicht viel und bin eingepennt, bevor ich mir richtig die Kante geben konnte. Ohne dich hätte ich nach dem Aufwachen einfach nur weitergesoffen."

„Das ist sie doch gar nicht wert", ereiferte ich mich und steigerte mich richtig in meine Wut hinein, indem ich anfing, aufgeregt vor ihm auf und ab zu tigern. „Ich könnte ihr den Hals umdrehen, weil sie dich so verarscht hat."

Joshs breite Schultern hoben sich, er wirkte sogar ein klein wenig gleichgültig.

„Shit happens", meinte er leichthin und hielt mich fest. Sein ernster Blick streifte mein Gesicht.

„Ich bin nur angepisst, weil ich so viel Zeit an eine Frau verschwendet habe, die nicht für eine Sekunde daran gedacht hat, ihr Leben mit mir zu verbringen. Zum Vögeln war ich ihr gut genug, aber nicht fürs Heiraten."

Die Art, wie er das Wort „Vögeln" gebrauchte, hatte etwas Unanständiges. Ich fand es wahnsinnig aufregend und fühlte mich wie ein scheuer Teenager, der ganz unvermutet mit dem eigenen sexuellen Erwachen konfrontiert wurde und darauf brannte, diese Sehnsüchte auch umzusetzen. Ein heißer Schauer rieselte meine Wirbelsäule entlang, und während ich in seinen Augen versank, die mich merkwürdig eindringlich musterten, stellte mir vor, wie er *mich* vögelte.

Meine Erregungskurve schoss steil nach oben, meine Knie zitterten und ich lehnte mich unbewusst gegen die Küchenanrichte, damit ich nicht Gefahr lief, einfach umzukippen. Schnell verscheuchte ich die heißen Bilder, bevor meine Gesichtsfarbe die Tönung einer überreifen Tomate annahm.

„Also …“, ich räusperte mich, „… was hast du jetzt vor? Willst du noch mal mit ihr reden? Sie zurückerobern? Oder war’s das für dich?“

„Keine Ahnung, ich muss jetzt erst mal richtig nüchtern werden. Vanessa hat ihre Entscheidung getroffen und ich bin wieder zu haben.“ Er tat so, als würde ihn das nicht berühren. „So ein Singledasein ist kein Weltuntergang. Wenigstens muss ich jetzt nicht mehr ständig Nein sagen, wenn mir eine hübsche Frau sagt, dass sie mich will.“

Taten sie das? Natürlich waren die Mädchen heutzutage sexuell recht aggressiv und sagten klipp und klar, was und wen sie wollten, aber *ich* konnte das nicht. Dafür fehlte mir dieses letzte Quäntchen an weiblichem Selbstbewusstsein. Außerdem hatte ich Ewigkeiten damit verschwendet, Kyle Harmon hinterherzuschmachten.

Scheiß darauf! Josh musste endlich was Ordentliches in den Magen bekommen, um den ungewohnten Alkoholkonsum zu kompensieren. Das Aufarbeiten seiner gescheiterten Verlobung und meines nicht vorhandenen Liebeslebens musste warten.

„Lass uns am besten nicht mehr darüber reden“, meinte ich resolut. „Ich mach schnell die restlichen Sandwiches fertig und dann essen wir was. Ja?“

Ohne seine Antwort abzuwarten, griff ich nach dem scharfen Küchenmesser und zerteilte die restlichen Tomaten in feine Scheiben. Dabei zitterten mir so sehr die Hände, dass ich mir in den Finger schnitt.

„Scheiße“, schimpfte ich und steckte ihn sofort in den Mund.

„Hast du dich geschnitten?“

Meistens machte er sich darüber lustig, wenn ich mir eine harmlose Verletzung zuzog, weil ich immer extrem wehleidig reagierte, doch dieses Mal packte er kommentarlos mein Handgelenk und zog den Finger unter den Wasserhahn, um die kleine Wunde auszuwaschen. Das kühle Leitungswasser floss über die offene Stelle. Es brannte, aber noch heißer empfand ich den Druck seiner Hand an meiner.

„Warte, ich hole dir ein Pflaster.“

Er kramte in einer seinen Schubladen herum und zog dann triumphierend eine kleine Schachtel mit abgepackten Pflasterstreifen hervor, anschließend nahm er mich an der Hand und zog mich ins Wohnzimmer, wo er mich mit sanfter Gewalt aufs Sofa drückte.

„Josh, das kann ich doch allein“, protestierte ich und wollte ihm das Pflaster abnehmen.

Er schüttelte den Kopf. „Nichts da! Ich erledige das.“

Er setzte sich dicht neben mich, sein Schenkel drückte gegen meinen und das Kribbeln, das daraufhin durch mein ganzes Bein ging, verstärkte meine Sehnsucht nach mehr Intimität. Ich wollte jeden Zentimeter seines Körpers an meinem spüren, ohne störende Kleidung.

„Gib mal den Finger her“, murmelte er und hob leicht irritiert eine Augenbraue, weil ich seiner Aufforderung nicht umgehend Folge leistete.

„Es ist nicht so schlimm“, wehrte ich ab, weil ich Angst davor bekam, was seine Nähe und seine Berührung in mir anrichteten. Außerdem war es mir peinlich, weil er wegen eines kleinen Schnittes so einen Aufwand betrieb. Es blutete nicht einmal mehr. Doch Josh ließ sich nicht beirren. Vielleicht glaubte er, mich nach unserem Streit besonders zuvorkommend behandeln zu müssen.

„Komm schon, Kelly. Stell dich nicht so an, ich will es mir ansehen.“

Hartnäckigkeit, dein Name ist Josh Whittaker, dachte ich ergeben und streckte ihm meine Hand hin. Vorsichtig drehte er meine Finger zwischen seinen hin und her, machte ein Pflaster auf die verletzte Stelle und küsste abschließend die Fingerkuppe. Ich schwöre, ich stand kurz davor, in Ohnmacht zu fallen. Seine Lippen fühlten sich so weich an, ich wollte sie auf meinem Mund spüren, auf meinem ganzen Körper, einfach überall.

„Es ist wirklich nicht allzu schlimm“, stellte er heiser fest, ehe er mich ganz intensiv ansah. „Du hast Glück gehabt.“

„Das hast du auch.“

Er hob fragend eine Augenbraue bei meiner spontanen Antwort. Josh konnte mit der Bemerkung nichts anfangen, also erklärte ich es ihm. „Ich rede von Vanessa. Sie war nicht die Richtige für dich. Das war sie nie.“

Nach dieser Feststellung herrschte angespannte Stille zwischen uns. Atemloses Schweigen. War ich zu weit gegangen, indem ich ihm meine ehrliche Meinung über seine Beziehung anvertraute? Aber wenn beste Freunde nicht ehrlich sein konnten, wer dann?

„Vielleicht hast du recht“, meinte er schließlich und ich atmete langsam durch die Nase aus. Meine gesamte Anspannung floss aus mir heraus, ich sackte förmlich in mich zusammen vor Erleichterung. Josh verstand mich und er war mir nicht böse.

„Trotzdem tut es mir leid, dass du leiden musst“, flüsterte ich und schluckte heftig, da sein Blick gerade nach unten wanderte … zu meinem Ausschnitt. Nur kurz, dann sah er wieder hoch, direkt in meine Augen, und ich spürte die alte Vertrautheit zwischen uns, die nie weg gewesen war. Die Magie dieses Moments jagte pures Adrenalin durch meine Adern, alles in mir fühlte sich zu ihm hingezogen. Mein Verstand, weil ich in Josh den perfekten Gesprächspartner hatte, mein Seele, weil er mir einfach guttat, mein Herz, weil er nach über zwanzig Jahren jeden Winkel davon kannte, und nun eroberte er auch meinen Körper. Dieser sehnte sich mit einer Heftigkeit nach Joshs Berührung, dass mir himmelangst wurde. Würde ich jemals wieder etwas Ähnliches für einen anderen Mann empfinden? Wollte ich das überhaupt?

Nein! Es gab nur Josh.

Immer nur du … du bist es immer gewesen, wirst es immer sein. Für immer.

Etwas Warmes dehnte mir die Brust, ich hatte die Empfindung, vor lauter Liebe und Sehnsucht nach ihm zu zerfließen.

„Komm, wir wollten doch was essen.“

Joshs Stimme zerriss den Bann, unter dem ich gerade stand. Ein wenig enttäuscht stimmte ich zu und ging mit ihm zurück in die Küche. So große und meine kleine Welt erschütternde Erkenntnisse, und dann sollte ich ein Sandwich essen.

Wenigstens schien *er* wieder Appetit zu haben und das wiederum bedeutete, dass es ihm ein wenig besser ging.

Kapitel 8

Eine Stunde später lagen wir satt und relativ entspannt nebeneinander auf seinem Bett. Die Jalousien hatte er heruntergelassen und alle Lichter gelöscht. Die Atmosphäre war kuschelig, während wir uns gemeinsam die wahrscheinlich hundertste Wiederholung von Al Bundy ansahen. Obwohl er lachte und auch wieder einen ausgenüchterten Eindruck auf mich machte, spürte ich, dass er mit den Gedanken nicht wirklich bei der Sache war. Bestimmt dachte er an Vanessa.

„Josh?"

„Hm …"

Ich zögerte kurz, fragte dann aber doch. „Hättest du sie wirklich geheiratet?"

Das flimmernde Fernsehbild erhellte hin und wieder seine Gesichtszüge, sodass ich seine Reaktion gut beobachten konnte. Er legte sich mir zugewandt auf die Seite. „Wieso fragst du?"

Seine Stimme klang vorsichtig und ich ärgerte mich, weil ich dieses heikle Thema schon wieder zur Sprache brachte und so die friedliche Stimmung verdarb. Manchmal war ich wirklich eine hohle Nuss.

„Ach, vergiss einfach, dass ich meinen vorlauten Mund aufgemacht habe. Es war dumm, danach zu fragen."

Doch statt wieder trübsinnig zu werden, lächelte er mich sanft an. „Vielleicht hast du einen vorlauten Mund, aber er ist auch sehr hübsch und küssenswert", flüsterte er leise.

Warum sagte er auf einmal solche Dinge zu mir? Überfordert schloss ich die Augen, riss sie aber sofort wieder auf, als das Bett anfing zu schwanken. Josh schob sich näher an mich heran, bis er ganz dicht neben mir lag. Er streckte die Hand aus, strich mir ein paar Haarsträhnen hinters Ohr und ließ die Finger einfach dort liegen. Sie fühlten sich heiß an, meine Haut prickelte angenehm, dort, wo er mich berührte, und mein Herz spielte verrückt. Es klopfte so laut, dass ich mir einbildete, er müsste es ebenfalls hören. Dazu kam noch eine Hitzewelle, die sich in mir ausbreitete und mein gesamtes Inneres in Flammen setzte. Ich verglühte, direkt vor seinen Augen.

„Josh …“ Nervös leckte ich mir über die Lippen.

Josh folgte der Bewegung mit seinen Augen, als ich mit meiner Zungenspitze den Schwung meiner Unterlippe nachzeichnete. Er schluckte hart, sein Gesicht kam näher, ein dunkler Schatten, der sich über mich senkte. Mein ganzer Körper zog sich vor Sehnsucht nach ihm zusammen, als sein warmer Atem über meine Haut wehte.

„Kelly, du bist …“ Er brach mitten im Satz ab und kam noch näher.

Ich nahm noch einen Hauch von Alkohol an ihm wahr, doch ich empfand das nicht als störend, sondern berauschte mich daran. Beinahe konnte ich den Whiskey auf meiner Zunge schmecken. Verwirrt blinzelte ich gegen den trägen Nebel an, der mich einzuhüllen drohte, inhalierte seinen Duft und gierte nach mehr.

Sein Mund schwebte jetzt ganz dicht über meinem. Seine Lippen sahen so sanft aus, so weich …

„Was passiert da gerade mit uns?“, fragte er mich heiser.

Es war mir unmöglich, diese Frage zu beantworten. Ich war viel zu beschäftigt damit, seine Lippen anzustarren, um noch klar denken zu können, und hieß es nicht: Taten sagen mehr als Worte?

Anstatt ihm also zu antworten, hob ich meine Hand und strich durch sein seidiges Haar. Es schlang sich angenehm kühl um meine Finger, ich zog ihn näher, konnte seinen Atem spüren, der meine Lippen kribbeln ließ. Ihm so nahe zu sein, machte mich einfach nur glücklich. Wenn es perfekte Augenblicke im Leben gab, dann war das einer davon. Josh war bei mir, mehr brauchte ich nicht, um mich gut zu fühlen.

„Ich habe keine Ahnung, was hier los ist, aber vielleicht sollten wir nicht darüber nachdenken und den Dingen einfach ihren Lauf lassen", schlug ich mit heiserer Stimme vor und war mir im Klaren darüber, dass ich mich mit dieser Einladung weit aus dem Fenster lehnte. Hoffentlich nicht zu weit …

„Du weißt aber schon, dass du gerade mit dem Feuer spielst?", raunte er mit verführerisch dunkler Stimme.

„Ich mag es heiß", antwortete ich doppeldeutig und war selbst überrascht, wie natürlich es sich anfühlte, mit ihm zu flirten. Sein Lächeln verursachte eine regelrechte Kernschmelze in meinem Körper, alles floss ineinander und konzentrierte sich auf diesen einen bestimmten Punkt zwischen meinen Beinen.

Jetzt verstand ich auch, warum seine Exfreundinnen immer so rot wurden und albern kicherten, wenn er zum Inhalt ihrer Gespräche wurde. Josh war Sex auf zwei Beinen und ich bekam gerade die volle Dosis.

„Wenn wir diese Grenze überschreiten, dann können wir niemals wieder zurück", warnte er mich.

„Ich weiß …"

Beim Sprechen streifte ich seinen Mund. Diese zarte Berührung wirkte wie ein Stromstoß auf mich. Elektrisierend breitete sich dieses herrliche Gefühl in meinem Körper aus, ein süßes Kribbeln erfasste mich und sorgte dafür, dass ich unruhig meine Hüften bewegte. Josh atmete scharf ein, dann schob er sich einfach auf mich und starrte mit verhangenem Blick in meine Augen.

Das war großartig! Sein Körper auf meinem, der warme Druck, den er auf meine intimste Stelle ausübte. Ich schwebte geradewegs in den siebten Himmel. Er stöhnte leise auf.

„Kelly, du solltest mich stoppen“, flüsterte er, streichelte aber zeitgleich mit seinen Lippen über mein Kinn, glitt langsam aufwärts und küsste mich ganz zart auf den Mund. Nicht nur einmal. Er wiederholte es immer und immer wieder, ohne den Druck seiner Lippen zu intensivieren. Aber selbst dieser leichte Kontakt reichte aus, um mich an die Grenzen meiner Selbstbeherrschung zu führen. Ich wollte ihn so sehr, es gab nicht ausreichend Worte, um zu beschreiben, was in diesem Moment in mir vorging. „Hör nicht auf“, bat ich und kam ihm ein wenig entgegen. „Bitte nicht aufhören …“

Josh reizte meine Lippen weiter mit spielerischen Küssen. Es fand eher ein Austausch von Atemzügen statt und nach einer Weile reichte mir diese Neckerei nicht mehr. Noch nie hatte ich eine so lustvolle Anspannung in mir verspürt. Ich fühlte mich wie eine Schraube, die man immer fester und fester zuzog, der Druck war unermesslich und ich reagierte auf jede noch so kleine Berührung übersensibel. Mein Körper bog sich ihm wie von selbst entgegen, meine Hüften rieben über seine und ich presste mich fester gegen die Erektion, die sich zwischen meine Schenkel drückte.

„Kelly, mein Gott“, stöhnte er kehlig. Sein Brustkorb bewegte sich hastig, als sich sein Atem beschleunigte. Es gab kein Zurück mehr, wir wussten es beide. Heute würde das geschehen, was Shannon schon ewig prophezeit hatte. Tiefe Freude und Angst wechselten sich in mir ab. Die Sehnsucht nach ihm ließ mich nicht vergessen, dass wir in allererster Linie Freunde waren. Wie oft hatte ich Shannon versichert, dass mir die Freundschaft zu Josh heilig war. Und jetzt … Die leiseste Berührung sorgte für ein warmes Zittern in meinem Bauch, eine angenehme Welle, die mich von innen heraus überrollte und nach mehr verlangen ließ. So viel mehr.

Vorsichtig, als wäre er aus Glas, glitten meine Finger an seinen Wangen entlang, ich spürte die Wärme seiner Haut. Die Dunkelheit im Zimmer, nur durchbrochen vom Flimmern des Fernsehbildschirms, machte mich mutig und so erkundete ich jeden Zentimeter seines Gesichts. Josh atmete schwerer, sein Brustkorb presste sich immer wieder gegen meinen.

Ein erregendes Gefühl. Meine Lippen teilten sich sehnsüchtig, ich forderte ihn unbewusst dazu auf, mich zu küssen.

„Gott, das ist schön. Hör nicht auf, Kelly, ich brauch das jetzt."

Suchte er nur Trost oder steckte da doch mehr dahinter? Egal …

Meine Berührungen waren anfangs noch zögerlich, erst sein wohliges Seufzen machte mich mutiger und ich fasste ihn nach Herzenslust an. Lustvoll erforschte ich sein ebenmäßiges Gesicht, spürte die weiche Haut und erregte mich an dem schabenden Gefühl, das seine Bartstoppeln unter meinen Fingerspitzen erzeugten. Ein Kontrast zu seinen samtigen Lippen, die ich genauso ehrfürchtig berührte wie die markante Linie seines Kinns.

Wenn ich diesen Augenblick doch ewig hätte hinziehen können! Ich wünschte mir das so sehr, auch wenn es besser gewesen wäre, aufzuhören. So frisch nach seiner Trennung würde Josh keine neue Beziehung beginnen. Es war auch mehr als wahrscheinlich, dass er mit mir nur seinen Schmerz betäuben wollte und gleichzeitig Bestätigung in seiner Männlichkeit suchte, nachdem Vanessa seinem Herzen und seinem Ego einen ziemlichen Schlag verpasst hatte. Dieser Gedanke wirkte ziemlich ernüchternd auf mich.

„Josh, das ist nicht richtig", wisperte ich unglücklich und wollte ihn von mir schieben. Meine Vernunft verhinderte, dass ich mich ganz und gar fallen ließ und diese verwirrend neue Erfahrung genoss. Obwohl es mir wirklich schwerfiel, nahm ich die Hände von seinem Gesicht, was ihm gar nicht behagte.

„Nicht, stoß mich nicht auch noch weg“, raunte er mit tiefdunkler Stimme, in seinen Augen lag ein Glanz, der mich ganz schwach machte. Doch noch schwerer wog die Bitte, seinem Stolz nicht den letzten Todesstoß zu versetzen, indem ich ihn auch noch abwies.

„Du willst das nicht wirklich“, wandte ich ein. „Du bist verletzt und du …“

„Ich will dich“, unterbrach er mich eindringlich. „Weis mich nicht ab, Kelly. Nicht heute.“

Schockiert über seine Ehrlichkeit versuchte ich, meine wirren Gedanken in Einklang zu bringen. Konnte ich es ertragen, mit ihm zu schlafen und dann unter Umständen wieder so weiterzumachen wie zuvor? Josh begehrte mich, ich spürte ganz deutlich seine Härte, die sich gegen meinen Schenkel drückte. Von Liebe oder gar einer möglichen Beziehung sprach er jedoch nicht. Aber kam das, was wir schon seit Jahren füreinander fühlten und miteinander teilten, dem nicht schon sehr nahe? Es musste vorerst reichen, denn wie hätte ich ihn nach diesen zärtlichen Momenten einfach kaltstellen können, wenn er mich darum bat, seinen Schmerz mit meinem Körper zu lindern? Ich wollte ihn doch selbst so sehr, dass es beinahe wehtat.

Mit einem gefügigen Seufzen umfasste ich seinen Nacken, seine Haut brannte unter meiner Hand. Bevor ich den Mut verlieren konnte, kam ich seinem Mund entgegen und die erste richtige Berührung fühlte sich an wie ein Hunderttausend-Volt-Stromstoß. Ich öffnete mich seiner Zunge, und unsere Lippen verschmolzen mit einer Selbstverständlichkeit, als hätten wir uns schon tausend Mal so intim geküsst. Mein Verstand setzte aus, ich wurde überschwemmt von einem unbeschreiblich köstlichen Gefühl, für das ich keine Worte fand. Keuchend drängte ich mich an ihn und führte seine Finger an den Saum meines Shirts. Ich musste unbedingt seine Haut an meiner spüren.

„So weich …“, murmelte er heiser an meinem Mund und neckte meine Zunge mit seiner.

Oh mein Gott, es war unglaublich!

Seine Hand fuhr seitlich unter mein Shirt, seine Fingerspitzen wanderten neugierig über meine nackte Haut und hinterließen überall prickelnde Linien. Ich machte es genauso und schlüpfte mit beiden Händen unter sein Langarmshirt, das er sich vor dem Essen auf meinen Wunsch hin übergezogen hatte. Die samtige Haut seines Rückens, das zuckende Spiel seiner Muskeln, all das erregte mich in einem bisher nie gekannten Maß. Josh und ich setzten zusammen eine sexuelle Energie frei, die innerhalb kürzester Zeit jedes klare Denken unmöglich machte. Zumindest ging es mir so. Stöhnend öffnete ich die Lippen weiter, sein Kuss wurde drängender, leidenschaftlicher. Während wir uns gierig erforschten, drehten wir in stummem Einvernehmen unsere Köpfe, um beim Küssen den perfekten Winkel zu erwischen. Sein heißer, forschender Mund übte sanften Druck auf mich aus, meine Zunge strich an seiner entlang und ich konnte tatsächlich noch den Whiskey auf ihr schmecken.

Eine heiße Welle schoss in mir hoch, meine Nägel fuhren ruhelos an seinem Rücken auf und ab. Bestimmt würde er morgen früh rote Striemen haben. Der Gedanke daran gefiel mir und die Spannung in meinem Unterleib nahm weiter zu. Ich wollte ihn endlich ganz spüren und diese schmerzliche Leere in mir füllen, die ich kaum noch ertragen konnte.

Ich war ja keine Jungfrau mehr. Vor ein paar Jahren hatte ich mich meinem ersten Freund Joey Tucker hingegeben. Es war kein überwältigendes erstes Mal gewesen, dafür waren wir einfach noch zu unerfahren und ungeschickt gewesen, aber es war auch kein desaströses

Erlebnis. Allerdings hatte ich danach kein besonders ausgeprägtes Bedürfnis nach Sex, und meine Schwärmerei für Kyle hatte mich davon abgehalten, mich nach anderen potenziellen Liebhabern umzusehen.

Eigentlich hätte ich Verlegenheit spüren sollen, weil ich nach so langer Zeit einem Mann wieder körperlich näher kam. Doch ich spürte nichts dergleichen. Zusammen mit Josh fühlte ich mich schwerelos, jeden Augenblick würde ich abheben.

Unsere Küsse wurden tiefer und feuchter, immer wieder unterbrochen von leisem Stöhnen und dem Quietschen der Matratze, weil wir uns wild auf dem Bett hin- und herwälzten. Mal war er oben, dann ich. Sein linker Arm legte sich unter meinen Nacken, er zog mich näher zu sich heran und seine Rechte fuhr tiefer unter mein Oberteil und tastete nach meiner Brust. Ich trug nur ein Hemdchen und keinen BH, weil ich bei meiner geringen Körbchengröße sowieso keinen benötigte. Ich konnte seine Finger direkt auf meiner erhitzten Haut fühlen, auf meinen Brustspitzen, die sich ganz fest zusammenzogen, als er sie ganz vorsichtig streichelte.

Ich stöhnte in seinen Mund und ließ zu, dass er mir das Oberteil mitsamt Top über den Kopf zog. Erleichtert spürte ich seinen Mund in der Mulde zwischen meinen Brüsten. Weich glitt er auf meine Knospe zu, Joshs Haare kitzelten auf meiner bloßen Haut, als er sie zwischen seinen Lippen einklemmte und besitzergreifend zu saugen begann. Ich zerfloss förmlich unter seiner Zärtlichkeit, und als er nach dem Reißverschluss meiner Hose griff und ihn langsam aufzog, kam es mir nicht mal für eine Sekunde in den Sinn, ihn aufzuhalten.

„Wenn ich aufhören soll, musst du mich jetzt stoppen, Kelly. Später werde ich es nicht mehr schaffen."

Seine Lippen trafen vibrierend auf meine angespannte Bauchdecke. Er öffnete den Mund, sein Atem prallte auf meine blanke Haut und ich schmolz vor Wonne.

Ohne nachzudenken, griff ich in sein weiches Haar. Es fühlte sich kühl an, mild wie eine sanfte Brise an einem glühend heißen Tag. Es half mir, wieder klarer zu denken, doch da war keine Abwehr in mir, kein Nein. Ich wollte Josh, wollte mit ihm schlafen, mich ganz und gar in ihm verlieren. Es gab nur eine Antwort, die ich ihm geben konnte.

„Zieh mir die Hose aus", flüsterte ich mit angespannter Stimme.

Er hörte für einen Moment auf, mich mit zarten Küssen zu quälen, und sah auf, direkt in meine Augen. „Bist du sicher?"

Ich nickte, bekam keinen Ton mehr raus, nur unnatürliche Laute, halb Stöhnen, halb Lachen. Josh setzte sich auf und zog mir die Hose runter. Meine Jeans schabte an meiner empfindlichen Haut, landete irgendwo in einer Ecke. Nun war ich praktisch nackt seinem prüfenden Blick ausgeliefert.

Er nagelte mich damit fest, zwang meinen nervösen Körper zur Ruhe, zügelte mich, und das, ohne mich ein einziges Mal zu berühren. Unglaublich. Beängstigend. Richtig.

Oh Josh, Josh …

Sein Name hallte durch meinen Kopf, er erfüllte mich, nichts zählte mehr außer meinen Gefühlen und dem Drang, ihn ganz nah bei mir zu haben.

Gierig streckte ich die Arme nach ihm aus. „Bitte komm … ich brauch dich."

Josh bedeckte mich mit seinem Körper. Er war einfach überall. Jeder meiner Sinne wurde von ihm gereizt und befriedigt, bevor Josh endgültig von ihnen Besitz ergreifen konnte.

„Du fühlst dich so gut an." Sein Mund traf auf meinen, die letzten beiden Worte sprach er gegen meine Lippen.

Sofort schnappte ich nach seinen, saugte die untere ein und strich mit der Zungenspitze immer wieder über die seidige Haut. „Küss mich, Josh. Jetzt gleich."

Unsere Münder vereint, verknüpfte er seine Finger mit meinen, bog meine Arme über meinen Kopf und hielt sie dort, sodass ich völlig wehrlos seinen zärtlichen Attacken ausgeliefert war. Seine Hüften bewegten sich wellenartig gegen meine, bis ich meine Hände losriss und sie über seinem verlängerten Rücken zum Bund seiner Jeans gleiten ließ. Meine Finger stahlen sich darunter, bis Josh sich keuchend aufsetzte und den Reißverschluss seiner Hose aufzog. Kniend ragte er über mir auf, als das leise Zirpen diese Handlung begleitete. Verklärt betrachtete ich dabei sein Gesicht, den angespannten Zug um seinen Mund, weil auch er bis an die Grenzen der Unerträglichkeit erregt war. Einige Haarsträhnen fielen ihm in die Stirn, seine Lippen wölbten sich sinnlich, dann schenkte er mir einen vor Verlangen glühenden Blick.

„Letzte Chance, Kelly. Ich weiß, ich hab dir gesagt, du sollst mich nicht zurückweisen, aber …" Er sprach nicht weiter, doch ich wusste ohnehin, was er meinte.

„Zieh die Hose aus, Josh, und komm zu mir", antwortete ich und berührte dabei meine Brüste, als wäre es das Selbstverständlichste auf der Welt, mich direkt vor seinen Augen zu streicheln. Ich dachte nicht groß darüber nach, ich handelte einfach und räumte so die letzten Hemmungen aus dem Weg.

Zischend sog er die Luft in die Lungen und starrte mich an. „Gott, hat man dir jemals gesagt, wie verflucht sexy du bist?"

Ich schüttelte den Kopf. Was andere Männer jemals gesagt und getan hatten, um mich zu beeindrucken, schien wie ausgelöscht. Nur noch mit einem winzigen Slip bekleidet, lag ich ausgestreckt aus seinem Bett, in dem ich schon so viele Nächte verbracht hatte. Mit ihm gemeinsam, in aller Unschuld und ohne jeden Hintergedanken. Jetzt sah das ganz anders aus. Die Atmosphäre im Raum knisterte vor unterschwelliger Erotik.

Josh warf die Jeans achtlos auf den Boden. Auch er trug nur noch eine Shorts. Seine Erektion drückte unter dem Stoff nach außen, ich konnte es kaum erwarten, ihn schon bald auf die intimste Weise überhaupt kennenlernen zu dürfen. Die letzten Geheimnisse würden gelüftet werden. Entweder schweißte uns diese Erfahrung noch fester zusammen oder sie würde uns zerstören. Ein Risiko, das ich eingehen wollte. Es gab kein Zurück mehr.

„Setz dich auf." Josh streckte die Hand nach mir aus und zog mich auf die Knie. Wir saßen uns direkt gegenüber. Mein Blick glitt liebkosend über ihn hinweg; im flimmernden Wechselspiel von hell und dunkel, das der Fernseher im Raum verursachte, wirkte sein großer und kraftvoller Körper noch beeindruckender und ich legte ihm die Hände auf die Schultern. Er schloss die Augen und atmete tief aus.

„So ist es gut", raunte er. „Berühr mich, Kleines. Fass mich überall an."

Seine Haut fühlte sich fest und seidig an. Zart strich ich über sein Schlüsselbein, brachte mein Gesicht näher und drückte die Lippen auf seinen Hals. Er bog den Kopf ein wenig nach hinten und gab mir den nötigen Raum, damit ich ihn schmecken konnte. Neugierig streckte ich meine Zunge heraus und leckte das Salz von seiner Haut, meine Hände legten sich auf seine Seiten, strichen an ihnen auf und ab, während ich mich küssend zu seiner Brust herunterbewegte. Seine kleinen Brustwarzen weckten mein Interesse. Tausendmal hatte ich sie bereits gesehen, beim Baden am See oder wenn er sich in der Werkstatt umzog und ich auf ihn wartete. Noch nie hatte ich wissen wollen, wie sie sich unter meiner Zunge anfühlten. Jetzt schon.

Mit dem Mund bedeckte ich eine davon. Sie zog sich zusammen und wurde fest. Vorsichtig leckte ich darüber, umkreiste sie und ahmte nach, was er vorhin bei mir getan hatte. Hm … daran könnte ich mich wirklich gewöhnen. Es machte mir Spaß und ich wurde immer feuchter. Zwischen meinen Beinen zuckte es, weil mich das hier genauso stark erregte wie ihn.

„Oh ja, das ist gut, Kelly. Das ist verdammt … gut."

Auch meine Knospen standen sehnsüchtig hervor, prickelten, weil sie sich die gleiche Behandlung wünschten, die ich seinen angedeihen ließ. Kreisend liebkoste ich eine kupferfarbene Warze, brachte Josh zum Zittern, bis er mich auf den Rücken stieß und sich über mich beugte.

„Genug, jetzt bin ich dran", raunte er mir zu und machte seine Ankündigung sofort wahr. Seine Lippen schnappten nach einem meiner Nippel und saugten sich daran fest. Doch das war längst nicht alles. Mit den Fingern zog er Kreise auf meinem zitternden Bauch, immer tiefer, bis er meinen stoffbedeckten Schamhügel streichelte. Ganz leicht. Meine Hüften schossen drängend aufwärts, nach einer intimeren Berührung verlangend.

„Mehr …", flüsterte ich angespannt. „Gib mir mehr, Josh."

Er setzte sich wieder auf und zog mir den Slip aus, dann umfasste er meine Schenkel und schob sie auseinander. Josh zog mich dichter zu sich, bis seine Mitte auf die Stelle zwischen meinen Beinen traf. Ich spürte die volle Härte seiner Erregung dort, wo ich sie am meisten brauchte. Er drängte sich kreisend an mich, meine Arme lagen kraftlos vor Erregung neben meinen Kopf, nur meine Lenden bewegten sich seinen trockenen Stößen entgegen und suchten den Kontakt.

„Spürst du das, Kelly? Das ist alles für dich, Kleines", stieß er rau hervor, seine Stimme klang kehlig vor Lust.

Ich schloss die Augen und riss sie gleich darauf wieder auf, weil die Hitze plötzlich verschwand. Vor Enttäuschung stöhnte ich protestierend auf, stellte aber fest, dass er sich die Shorts auszog und sich dann ein Kondom überstreifte, das er aus seiner Nachttischschublade holte. Dann war er wieder bei mir, positionierte sich über mir und streifte mit der Spitze seines Gliedes meinen feuchten Eingang.

„Sieh mich an, Kelly!"

Sofort verknüpfte ich meinen Blick mit seinem und entdeckte in seinen Augen so viel Liebe und Vertrauen, dass ich ein Aufschluchzen unterdrücken musste, um diesen besonderen Moment nicht zu ruinieren.

„Tu es, Josh. Lass mich spüren, wie es ist, mit dir zusammen zu sein", bat ich und biss mir hart auf die Lippe, als er sich mit einer fließenden Bewegung in meine Wärme sinken ließ. Hart und lang schob sich sein Geschlecht in mich hinein, er passte sich perfekt an, mein Körper hieß ihn willkommen und schloss sich gierig um seine Erektion.

Zitternd atmete er aus; der Druck auf sein Glied musste umgekehrt genauso erregend sein, denn auf seinen schönen Zügen zeichnete sich pure Ekstase ab. „Mein Gott, ich hab nicht geahnt, wie perfekt du dich anfühlst", flüsterte er.

Bei diesem Kompliment zog ich mich fest um ihn zusammen. Josh stöhnte wild auf, glitt ein Stück zurück und kam wieder. Dieser kurze Stoß entlockte mir einen spitzen Schrei, weil ich dabei ein angenehmes Ziehen spürte. Er wiederholte es, das Gefühl wurde stärker, süßer, unerträglicher. Immer wieder zog er sich zurück, drang erneut in mich ein, verstärkte den Druck, bis unsere Körper einen heißen und immer schneller werdenden Rhythmus fanden, der unsere Lust peitschend in die Höhe trieb. Haut traf auf Haut, unser Atem vermischte sich bei jedem neuen Kuss, während ein leichter

Schweißfilm unsere Körper bedeckte. Nichts war mehr wichtig, wir wurden zu einer untrennbaren Einheit, und als der Höhepunkt meinen Körper erschütterte und kaum vorstellbare Gefühle in mir freisetzte, ahnte ich noch nicht, dass mir noch ein harter Kampf um Joshs Liebe bevorstand …

Etwas kitzelte mich an der Nase. Ich strich mir mit der flachen Hand übers Gesicht und meine Finger verfingen sich in einigen Haarsträhnen, die auf meiner linken Wange lagen. Langsam schüttelte ich den Schlaf ab und blinzelte mehrfach. Helles Sonnenlicht fiel durch die Ritzen der Jalousien. Ich wollte mich gähnend zur Seite drehen und wurde von einem massiven Körper hinter mir gestoppt. Erst jetzt wurde mir bewusst, dass ich nicht allein im Bett lag, sondern in den schützenden Armen eines Mannes.

Die schläfrige Benommenheit verflüchtigte sich schlagartig, als ich den Kopf nach hinten drehte und einen selig schlummernden Josh hinter mir liegen sah. Seine dicht bewimperten Augen hielt er fest geschlossen, er atmete ruhig und gleichmäßig.

Vorsichtig löste ich mich aus seiner Umklammerung und krabbelte aufs Bettende zu, wo ich mich zusammenkauerte und meinen nackten Körper notdürftig mit dem unteren Ende des Lakens bedeckte. Ich sah sicherheitshalber noch einmal darunter und unterdrückte ein Stöhnen, weil ich tatsächlich *nackt* war und das alles nicht geträumt hatte.

Erinnerungen überschwemmten mich und brachten gleichzeitig eine Flut an neuen Gefühlen mit sich. Aufregend neu und doch so schrecklich beängstigend. Wenn ich einen Blick in die Zukunft warf, sah ich nur unbestimmte Schemen, nichts schien klar und definiert. Was würde diese Nacht aus uns beiden machen, aus unserer Freundschaft? Wir hatten kein Wort darüber verloren, wie es jetzt zwischen uns weitergehen sollte. Und nun war er da, der berühmte Morgen danach. Was, wenn ihm die letzte Nacht peinlich war und er alles bereute, was zwischen uns geschehen war? Ob ich so eine Demütigung verkraften könnte?

Unschlüssig kaute ich an meiner Lippe herum, während ich überlegte, wie ich mich jetzt verhalten sollte. Es war noch früh, kurz nach Sonnenaufgang, und wenn ich mich beeilte, konnte ich mich wegschleichen, bevor er aufwachte. Selbst wenn mich jemand aus der Nachbarschaft sah, machte das nichts aus. Es war nichts Ungewöhnliches, dass ich bei ihm übernachtete. In der Vergangenheit hatte ich das oft getan, wenn der Videoabend bei ihm stattfand, zum Beispiel. Bei diesen Gelegenheiten hatte ich immer bei ihm im Bett geschlafen – nur nicht *mit* ihm.

In diesem Moment bewegte er sich und ich hielt den Atem an. Doch er wechselte nur seine Position und wälzte sich auf den Rücken. Das Bettlaken rutschte nach unten und offenbarte seinen Oberkörper, der selbst in entspanntem Zustand kraftvoll und muskulös aussah. Vor allem den Bereich um seine Hüften fand ich ausgesprochen anregend. Ein absolut flacher Bauch, muskulös und hart wie Stein, die Haut darüber fühlt sich jedoch warm und lebendig an, wenn man mit der Zunge darüber glitt, wie ich seit letzter Nacht wusste. Obendrein besaß Josh eine schöne gleichmäßige Bräune, nur der Bereich, den die Badehose verdeckte, war heller und ich konnte mich nur schwer davon abhalten, die Abgrenzung zwischen hell und dunkel mit der Zunge nachzufahren.

Meine Augen klebten wie gebannt an seiner hingegossenen Gestalt. Ein bisschen kam ich mir wie eine Spannerin vor, weil ich ihn im Schlaf beobachtete, ohne dass er etwas davon ahnte, doch ich brauchte den visuellen Kontakt, um mir zu verinnerlichen, wie verdammt gut sich dieser Körper anfühlte. Letzte Nacht hatte ich Stunden damit zugebracht, ihn mit meinen Händen und Lippen zu erforschen.

Überall …

Okay, es wurde wirklich Zeit zu verschwinden, ehe ich endgültig den Verstand verlor, ihn aufweckte und mich mit dem Versuch, ihn zu verführen, heillos blamierte.

So lautlos wie möglich glitt ich vom Bett und klaubte meine verstreuten Klamotten zusammen. Mit meinen Sachen auf den Armen schlich ich mich aus dem Raum und zog mich im Wohnzimmer an. Auf dem Esstisch stand noch das Geschirr unseres Abendessens herum. Normalerweise hätte ich aufgeräumt, heute machte ich mich ganz feige aus dem Staub.

Die klare frische Morgenluft pustete mein Gehirn durch und mir wurden die drohenden Konsequenzen bewusst, die meine Nacht mit Josh mit sich bringen könnte. Ich verdrängte die unschöne Vorstellung und rannte im Laufschritt die Straßen entlang, bis ich erleichtert meinen Bungalow betrat. Sofort stellte ich mich unter die Dusche und wusch mich gründlich, als könnte ich so die letzte Nacht einfach abschrubben. Auf einmal schämte ich mich entsetzlich. Nicht wegen dem Sex an sich, der war einfach wundervoll gewesen. Was mir Kopfzerbrechen bereitete, war die Tatsache, dass ich einen emotional angeschlagenen Mann ausgenutzt hatte. Ich hätte ihn stoppen müssen!

Dass die Initiative von ihm ausgegangen war, war keine Rechtfertigung für mein Verhalten. Es wäre meine Aufgabe gewesen, ihn zur Vernunft zu bringen. Trost konnte man auch auf andere Weise spenden. Josh musste seinen Kummer verarbeiten und ihn nicht mit meiner Hilfe wegvögeln. Er hätte eher eine gute Freundin gebraucht und keine Geliebte, doch wie hieß es so schön: Der Geist ist willig, aber das Fleisch ist schwach.

Später saß ich am Küchentisch, trank eine Tasse Kaffee und starrte den Telefonhörer an, während ich versuchte, meine Gedanken zu sortieren. Ich hatte unglaublichen Schiss davor, ihn anzurufen, aber ich konnte auch nicht so tun, als wäre nichts passiert. Oder? Verzweifelt vergrub ich mein Gesicht zwischen meinen Händen.

Plötzlich klopfte es an der Hintertür, die direkt in meine Küche führte. Ich zuckte zusammen. Auf Besuch war ich nicht eingestellt.

„Wer ist denn da?"

Die Tür ging auf und Josh steckte seinen Kopf durch den Spalt. Unbewusst hielt ich die Luft an. Die Heftigkeit, mit der ich auf seinen Anblick reagierte, schockierte mich. Alles in mir zog sich vor Sehnsucht zusammen, meine Hände zitterten und wollten sich um seine unrasierten Wangen schließen, seinen Kopf zu mir herunterziehen, damit ich seine sinnlichen Lippen küssen konnte. Ich schaffte es nicht mal mehr, ihn anzusehen, ohne ihn zu begehren. Welch ein Unterschied zu letzter Woche, wo seine Gegenwart selbstverständlicher erschien als das Atmen.

Schweigend sah er mich an. Ich saß reglos auf dem Stuhl und wartete, dass er, wie sonst auch, einfach hereinkam, sich setzte und mir meinen Kaffee klaute. Nichts dergleichen geschah. Er schien vielmehr auf meine Erlaubnis zu warten, als hätte er Angst davor, nicht willkommen zu sein. Am liebsten hätte ich geweint. So sollte es nicht sein, nicht so …

„Komm doch rein", forderte ich ihn auf und rang mir ein Lächeln ab.

Er erwiderte es, zögernd, und betrat endlich meine Küche mit dem dunklen Holzboden, der sehr gut mit den elfenbeinfarbenen Küchenschränken harmonierte. Es knarzte, als er die wenigen Schritte bis zu meinem Tisch zurücklegte und sich mir gegenüber setzte. Das alles geschah schweigend. Die Situation behagte ihm nicht und er rang nach Worten, anstatt wie sonst einfach drauflosquatschen. Die befürchtete Veränderung … ich befand mich schon mittendrin. Wie sollten wir denn jemals wieder normal und unbefangen miteinander umgehen? Das erschien mir gerade unmöglich, dennoch versuchte ich, mich völlig normal zu verhalten. Soweit dies unter diesen Umständen möglich war.

„Willst du auch einen Kaffee?"

„Ja, gern", murmelte er, den Blick auf die Tischplatte gerichtet. Oh weh …

Mit wackligen Beinen stand ich auf und holte eine weitere Tasse aus dem Hängeschrank neben meinem Gasherd. Mit der Tasse in der Hand setzte ich mich wieder zu ihm und griff nach der Thermoskanne. Während ich ihm einschenkte, sah er mich nicht an, sondern klopfte nervös auf der Oberfläche des Tisches herum. Noch immer kam kein Wort über seine Lippen.

Na gut, mein Freund, das Spiel kann ich auch spielen, dachte ich aufsässig und schwieg genauso beharrlich wie er. Irgendwann hielt er es nicht mehr aus.

„Es tut mir leid", platzte er heraus und sah mich endlich richtig an.

Oh wow, es tat ihm also leid. Ich spürte, wie sich ein unangenehmer Kloß in meiner Kehle bildete. Die Enttäuschung über seine offensichtliche Reue überwältigte mich.

„Was genau tut dir denn leid?", wollte ich wissen. Anscheinend besaß ich einen Hang zum Masochismus, denn sonst hätte ich mich nicht auf dieses quälende Frage-und-Antwortspiel eingelassen. Josh fuhr sich hektisch durchs Haar. Die Strähnen leuchteten in meiner sonnendurchfluteten Küche wie dunkle Zartbitterschokolade. Eine wunderschöne Farbe, die unglaublich gut zu seinen hellgrünen Augen passte.

„Letzte Nacht …“, fing er an, „… das war ein furchtbarer Fehler. Ich weiß gar nicht, was in mich gefahren ist. Ich hoffe, du kannst mir irgendwann verzeihen.“

Seine Augen verdunkelten sich vor Reue und ich machte mich vor lauter Demütigung ganz steif. Meine Finger krampften sich um den Tischrand, ich fixierte die lindgrünen Gardinen, die mein Küchenfenster dekorativ einrahmten, während ich schluckte und schluckte und schluckte.

„Mann, ich muss letzte Nacht ja wirklich schlecht gewesen sein“, entfuhr es mir ungewollt spröde, aber ich konnte mir diese Bemerkung einfach nicht verkneifen, auch wenn ein *Es tut mir doch auch leid* wohl angebrachter gewesen wäre. Seine Hand legte sich auf meinen Oberarm und ich sah ihm widerstrebend in die intensiv leuchtenden Augen.

„Du warst nicht schlecht“, widersprach er und lächelte bedauernd. „Aber du bist meine beste Freundin. Es war nicht richtig, dich so auszunutzen.“

Schweigend hörte ich mir an, wie er mein Selbstbewusstsein in eine Million Teile zersprengte. Du warst nicht schlecht. Genauso gut hätte er sagen können, es sei „nett“ gewesen. Und nett war gleichbedeutend mit langweilig und bieder.

„Kelly, jetzt sag doch was.“

Endlich wagte ich es wieder, ihn anzuschauen. „Ich bin dir nicht böse, Josh, und ich fühle mich auch nicht ausgenutzt“, erklärte ich. Himmel, musste meine Stimme ausgerechnet jetzt so weinerlich klingen?

„Dann verzeihst du mir?“

„Da gibt es nichts zu verzeihen. Wir sind beide erwachsen und werden auch wie Erwachsene damit umgehen“, fügte ich mit gespieltem Enthusiasmus hinzu. „Aber in einem Punkt gebe ich dir recht: Die letzte Nacht war sicher ein Fehler und …“

„… darf sich auf keinen Fall wiederholen“, brachte er meinen Satz zu Ende und schien sehr zufrieden mit dem Verlauf unserer Unterhaltung. Doch ein letzter Rest von Unsicherheit hielt sich hartnäckig. Er griff nach meiner Hand, die Augen eindringlich auf mich gerichtet.

„Kelly, sag, dass sich zwischen uns nichts geändert hat, dass wir immer noch Freunde sind.“

Das traf mich wirklich mitten ins Herz. Ich konnte die Angst aus diesem Satz heraushören, die Panik, er könnte nach Vanessa auch noch mich verlieren Wenn er einen Menschen emotional an sich heranließ, dann tat er das ohne Wenn und Aber. Deswegen hatte ihn Vanessas Betrug so getroffen. So sehr, dass er sich sogar dazu hinreißen ließ, mit mir zu schlafen. Nun bereute er es und fürchtete einen weiteren Verlust. Eine Angst, die wir beide teilten, die uns in gewisser Weise zusammenschweißte; aber seine Frage konnte ich trotzdem nicht hundertprozentig beantworten. Meine Gefühle für ihn hatten sich verändert und das würde Spuren hinterlassen.

„Kelly?“

Endlich riss ich mich aus meinen ewig kreisenden Gedanken und antwortete ihm. „Ich bin total verwirrt, Josh. Im Moment weiß ich einfach gar nichts mehr. Vielleicht sollten wir ein andermal darüber reden und die ganze Sache erst mal setzen lassen.“

Schuldbewusst senkte er den Kopf.

„Das ist alles meine Schuld“, murmelte er. „Ich war nicht mehr richtig nüchtern und habe deine Gutmütigkeit ausgenutzt, um Vanessa für ein paar Stunden zu vergessen.“

Sein schlechtes Gewissen sprang mich förmlich an, während ich die Tatsache verdaute, dass er tatsächlich nur mit mir geschlafen hatte, weil er seine Ex aus dem Kopf bekommen wollte. Tief ausatmend suchte er meinen Blick.

„Es tut mir ehrlich leid, Kleines", wiederholte er und schien langsam Gefallen an der Rolle des Büßers zu finden. „Du wolltest mich trösten und ich hab den Kopf verloren und konnte nicht mehr aufhören."

Ich wollte schon protestierend einwenden, dass kein Mensch aus reiner Nächstenliebe mit jemandem ins Bett stieg, als mich sein nächster Satz mundtot machte.

„Außerdem weiß ich ja, dass du Kyle liebst", wandte er ein und schüttelte den Kopf. „Allein deswegen hätte ich dich nicht so überrumpeln dürfen."

Er spielte den Sündenbock, und ignorant, wie er war, verdrängte er die Tatsache, dass ich mich aktiv an unserem Liebesspiel beteiligt hatte. Dass er allerdings Kyle in die Sache mit hineinzog, machte mich unvorstellbar wütend.

„Tu mir bitte den Gefallen und halt Kyle da raus! Der hat mit letzter Nacht wirklich gar nichts zu tun. Im Gegensatz zu dir benutze ich keinen anderen Menschen, nur um mich von meinem Liebeskummer abzulenken."

Getroffen zuckte er zusammen. „Autsch … ich würde sagen, das hab ich verdient."

Ziemlich verlegen fuhr er sich durchs dunkle Haar und weckte in mir den Wunsch, das selbst tun – so wie letzte Nacht. Ich zwang mich dazu, vernünftig zu sein. Josh legte keinen Wert auf eine Wiederholung und ich musste jetzt retten, was noch zu retten war. Mit der Bemerkung über Kyle gab er mir die passende Steilvorlage.

„Hör mal, ich wollte dich nicht so anschnauzen und vielleicht hast du ja recht mit Kyle. Mir ist vor einigen Tagen klar geworden, dass er niemals der richtige Mann für mich sein kann und ich war …", ich rang nach den passenden Worten, „…frustriert. Du warst unglücklich, ich war unglücklich, eins führte zum anderen. So was passiert manchmal, du brauchst also nicht zu denken, ich wäre sauer oder so was." Schulterzuckend tat ich das

Ganze als unglücklichen Zufall ab. „Lass uns keine große Sache daraus machen."

Es wunderte mich, dass er mir diese haarsträubende Lüge abkaufte, normalerweise sah er mir an der Nasenspitze an, wenn ich nicht die Wahrheit sagte. Aber wahrscheinlich wollte er sie gar nicht sehen, denn ich bot uns beiden die perfekte Entschuldigung für unsere Entgleisung. Keiner würde das Gesicht verlieren, jeder hätte den gleichen Anteil an Schuld, und wenn eine gewisse Zeitspanne verstrichen war, würden wir die letzte Nacht aus unserem Gedächtnis streichen und nie wieder daran denken.

Zumindest er, denn für mich war es längst zu spät und ich würde die nächsten Monate, vielleicht sogar Jahre, damit zubringen, meine wahren Gefühle zu verschleiern. Nur *ich* würde wissen, dass mir Freundschaft längst nicht mehr reichte. Ich wollte seine Geliebte sein, die Frau an seiner Seite. Stattdessen war ich dazu verdammt, im Stillen zu leiden und mich vor Sehnsucht zu verzehren.

Josh hingegen stimmte meinem Vorschlag, der letzten Nacht keine unnötige Bedeutung beizumessen, vorbehaltlos zu.

„Mir wäre es ehrlich gesagt auch am liebsten, wenn wir das schnellstmöglich vergessen. Aber bitte denk nicht, dass sich das zwischen uns nicht großartig angefühlt hätte", setzte er noch hinzu, als müsste er seinen Wunsch, die letzte Nacht totzuschweigen, rechtfertigen.

„Was du nicht sagst", erwiderte ich ironisch. Wie hatte er sich ausgedrückt? Ach ja … es war nicht schlecht gewesen.

„Es ist so", beteuerte er, doch mir konnte er nichts vormachen. Josh fühlte sich unwohl und obwohl es mich zutiefst traf, dass er einfach so zur Tagesordnung zurückkehren wollte, fühlte ich Genugtuung darüber und ich stichelte gnadenlos weiter.

„Du bist also der Meinung, ich bin gut im Bett?“
Sag jetzt bloß nichts Falsches …
„Du warst unglaublich“, bestätigte er und für einen klitzekleinen Moment schwebte ich auf Wolken, bekam aber gleich darauf einen empfindlichen Dämpfer verpasst.
„Kelly, deine Fähigkeiten im Bett haben nichts damit zu tun, dass die letzte Nacht ein Fehler war. Du weißt doch, worum es mir geht. Ich könnte es nicht ertragen, dich als Freundin zu verlieren, wenn es in die Hose geht. Verstehst du?“
Das tat ich nicht. Josh wäre *mir* jedes Risiko wert gewesen. Schade, dass er es umgekehrt nicht genauso empfand.
Tja, Pech gehabt, Kelly. Der zweite Reinfall in Sachen Liebe.
Trotz der wachsenden Enge in meiner Brust nickte ich verständnisvoll. „Natürlich versteh ich das, ich will dich doch auch nicht verlieren.“
Zumindest *das* war nicht gelogen.
Joshs Mimik wechselte von Unbehagen zu Erleichterung. Er griff nach meiner Hand. Die erste Berührung, seit er mein Haus betreten hatte.
„Dann ist alles wieder gut zwischen uns?“
Nichts war gut, doch ich hätte mir eher beide Augen ausgestochen, bevor ich ihm das eingestanden hätte. Tapfer log ich meinem besten Freund ins Gesicht. „Aber sicher, es ist alles in bester Ordnung und du hast natürlich recht.“
Meine Mundwinkel zitterten beim jämmerlichen Versuch, ein Lächeln zustande zu bringen. Es kam nicht von Herzen, aber Josh ließ sich davon täuschen und merkte gar nicht, wie mein Herz gerade in abertausend kleine Teile zerbrach.
„Gott sei Dank!“, rief er aus und zog mich in eine feste Umarmung. Für einen kurzen Augenblick ließ ich mich

einfach hineinfallen, fühlte mich getröstet und geborgen, während ich seinen Worten lauschte.

„Verdammt, Kelly, ich dachte schon, ich hätte unsere Freundschaft ruiniert, weil ich meinen Schwanz nicht in der Hose lassen konnte."

Sein Griff um mich wurde fester und für ein paar Sekunden vergaß ich alles um mich herum. Die Welt konzentrierte sich nur auf ihn. Joshs Wärme, seine harten Muskeln, seinen unverwechselbaren und tröstenden Geruch.

Mein Magen überdrehte fast vor Glück, weil ich ihn wieder so nah bei mir spüren durfte. Doch es würde nicht von Dauer sein und das verdarb diesen fast perfekten Moment. Ich wartete noch ein wenig, ehe ich mich vorsichtig von ihm losmachte.

„So, nachdem wir das geklärt haben: Was hältst du von Frühstück?"

Die gewohnte Leichtigkeit zwischen uns wollte sich immer noch nicht einstellen. In dem verzweifelten Versuch, sie wieder zurückzuerlangen, verhielt ich mich übertrieben fröhlich und meine Frage klang gestelzt, was ihm sicher nicht entging, doch er ließ sich auf dieses Verdrängungsspielchen ein, auch wenn sein Lächeln ebenso verkrampft ausfiel wie meines.

„Was hast du denn anzubieten?"

Sein bemühter Tonfall tat weh. Ich lächelte den Schmerz einfach weg. „Hm … lass mich überlegen. Eier mit Speck, dazu Orangensaft, und wenn du besonders lieb zu mir bist, dann mach ich dir noch ein paar Pfannkuchen mit Sirup."

„Klingt super! Ich hätte am liebsten von allem etwas."

Zu meiner allergrößten Überraschung wirkte er schlagartig wie verwandelt und so normal wie immer. Wie machten die Kerle das bloß? Gab es dafür ein besonderes Gen, das sie befähigte, Freundschaft, Liebe und Sex zu trennen und einfach wieder zur Tagesordnung überzugehen?

Abrupt erhob ich mich von meinem Stuhl. „Dann hau ich mal den Speck und die Eier in die Pfanne."

Josh rieb sich über den Bauch. „Großartig, ich habe einen Bärenhunger", gestand er und schielte gierig zum Kühlschrank.

Das glaub ich dir gern, so wie du dich letzte Nacht verausgabt hast …

Ich unterdrückte einen unwilligen Laut. *Solche* Gedanken waren nicht sonderlich hilfreich, wenn man vorhatte, den Sex mit dem besten Freund zu verdrängen. Ich ahnte, mir stand eine schwere Zeit bevor, wenn es mir nicht gelang, unsere gemeinsame Nacht zu vergessen – wenigstens für eine Weile.

Kapitel 9

Für mich stellte es schon immer ein ganz besonderes Mysterium dar, wie sich die eigene Zeitwahrnehmung verschob, wenn man warten musste. Sobald man etwas Bestimmtes herbeisehnte, zogen sich Stunden, Tage und Monate wie Kaugummi; fürchtete man sich jedoch davor, verstrich die Zeit viel zu schnell.

In meinem Fall kroch sie im Schneckentempo dahin, während ich versuchte, meine Gefühle für Josh zu unterdrücken, darauf wartend, dass sie von ganz allein verschwanden. Was natürlich nicht geschah, stattdessen wurden sie immer stärker, täglich intensiver.

Fast drei Wochen waren seit unserer gemeinsamen Nacht vergangen und statt die Kluft zwischen uns zu überwinden, entfernten wir uns immer weiter voneinander. Wir waren keine Liebenden, aber als Freunde konnte man uns auch nicht mehr bezeichnen und ich spürte immer deutlicher, wie unwohl sich Josh in meiner Nähe fühlte. Er schreckte vor der kleinsten Berührung zurück und erfand Ausreden, um sich nicht mit mir treffen zu müssen. Wir verhielten uns wie Fremde, *er* wurde mir fremd, und ich gewann immer mehr den Eindruck, einem völlig anderen Menschen gegenüberzustehen.

Das war aber nicht das einzige Problem, mit dem ich zu kämpfen hatte. Dinge, die ich sonst immer als selbstverständlich hingenommen hatte, ohne ihnen größere Beachtung zu schenken, trieben meinen Blutdruck in die Höhe. Sein Lächeln zum Beispiel. Es machte mich verrückt, wenn er seine Mundwinkel auf diese verführerische Art nach oben zog, leicht spöttisch, aber nie verächtlich. Dabei entstand dieses hinreißende Grübchen in seinem Kinn, das ich so gerne küssen wollte. Seine weißen Zähne erinnerten mich an die lustvollen Liebesbisse an meinem Hals, meiner Schulter, den Brüsten oder an meiner empfindlichsten Stelle. So zart und doch beherrschend, bis ich ein bebendes und sehnsüchtiges Wesen ohne eigenen Willen wurde. Rein körperliche Reaktionen, ein chemischer Prozess, wenn man der Welt der Wissenschaft Glauben schenkte, doch das half mir nicht weiter, wenn ich beim Anblick seines geraden Rückens anfing zu sabbern. Von seinem knackigen Hintern mal ganz abgesehen …

Die Nacht mit Josh hatte meine Gier nach mehr geweckt. Ich wollte ihn ganz und gar besitzen. Leider stand ich mit diesem Wunsch nicht allein da. Seit ich mir eingestanden hatte, dass ich Josh auch als Frau liebte, musste ich feststellen, wie viele andere Frauen in Harmonville meine Schwäche für ihn teilten. Viele waren scharf auf ihn und ich erkannte, dass ich seine Wirkung auf das weibliche Geschlecht sehr unterschätzt hatte. Sogar die verheirateten Frauen flirteten ganz offen mit ihm, bis ich Josh am liebsten eine Tüte über den Kopf gestülpt hätte, damit sie ihn nicht so anstarren konnten. Er konnte praktisch jede in der Stadt haben – einschließlich mir.

Lustlos wischte ich den Tresen im Restaurant ab und überlegte, ob ich mich am Wochenende nicht spontan bei meinen Eltern einquartieren sollte, um dieser ganzen Situation zu entkommen. Sie wohnten nicht mehr in der Stadt, sondern in einem kleinen Häuschen mitten in den Weinbergen. Damit hatten sie sich einen Lebenstraum erfüllt. Daddy hatte viele Jahre lang unsere Apotheke betrieben und sie dann an seine tüchtige Mitarbeitern Johanna Mitchell verkauft, die das Geschäft in seinem Sinne weiterführte.

Vierunddreißig Jahre waren meine Eltern bereits verheiratet – mich bekamen sie erst, als sie schon beinahe zehn Jahre zusammen waren und die Hoffnung auf ein Kind schon längst aufgegeben hatten. Auch nach so langer Zeit waren sie noch immer so verliebt wie am ersten Tag. Jedes Mal, wenn ich die beiden gemeinsam erlebte, bekam ich einen totalen Romantikflash und ich wünschte mir auch so eine harmonische und glückliche Ehe. Mit Josh wäre das sicher möglich gewesen, wäre dieser Sturkopf nicht so blind.

„Sag mal, wie lange willst du noch Trübsal blasen?"

Ich schrak heftig zusammen und sah auf. Shannon kam mit einem ganzen Stapel Servietten in den Händen aus der Küche. Sie überbrückte die kurze Distanz, stellte sich neben mich und legte die Stofftücher auf dem Tresen ab. Dann sah sie mich von der Seite erwartungsvoll an. Verdammt, sie befand sich eindeutig im *Wir sollten unbedingt ein Von-Frau-zu-Frau-Gespräch führen*-Modus. Ich hatte aber keine Lust auf eine solche Unterhaltung. Erst recht nicht, wenn sie plante, dabei meine allgemein schlechte Stimmungslage zu thematisieren.

„Ich blase kein Trübsal", antwortete ich einsilbig und sah sie strafend an. „Du läufst doch auch nicht mit einem Dauergrinsen durch die Gegend", fügte ich schnippisch hinzu, ging um den Tresen herum und beugte mich über einen der Tische, um ihn abzuwischen. Das war völlig unnötig, da er bereits blitzblank glänzte.

Ich wagte einen schnellen Blick auf Shannon. Sie runzelte ungnädig die Stirn und stemmte entschlossen die Fäuste in die Hüften.

„Erzähl mir doch nichts. Seit über zwei Wochen hast du unterirdische Laune, das kenn ich gar nicht von dir. Und dein lieber bester Freund rennt auch rum, als hätte er eine Zitrone verschluckt. Du und Josh, ihr verhaltet euch nicht wie sonst, und ich will jetzt endlich wissen, was da los ist."

Mit zusammengekniffenen Lippen schrubbte ich fast die oberste Holzschicht vom Tisch, nur um Shannon nicht ansehen zu müssen. Hoffentlich begriff sie, dass ich einfach nicht reden *wollte*. Bisher hatte ich mich ihr nicht anvertraut, was meine gemeinsame Nacht mit Josh anging. Innerlich scheute ich davor zurück und wollte einfach meine Ruhe. Leider spielte Shannon da nicht mit. Sie folgte mir an den Tisch und nahm mir den Lappen aus der Hand.

„Kelly, sieh mich mal an."

Ihre sanfte Stimme war fast zu viel für mich. Kurz schloss ich die Augen und wünschte mich weit weg, um dem drohenden Kreuzverhör zu entfliehen. Nur zögernd gehorchte ich und biss mir auf die Unterlippe. Es fiel mir schwer, das Zittern in meiner Stimme unter Kontrolle zu bringen.

„Shannon, ich hatte einen anstrengenden Tag und ich möchte einfach meine Ruhe haben. Bitte respektier das."

So etwas wie Verständnis blitzte in ihren Augen auf, sie lächelte mitfühlend. „Natürlich ist es lästig, wenn man ständig auf die gleiche Sache angesprochen wird, aber Kelly … ich habe jetzt wirklich lange die Klappe gehalten und so langsam machst du mir richtig Sorgen. Du siehst blass und übernächtigt aus, außerdem hast du mindestens fünf Pfund Gewicht verloren, was du dir bei deiner zierlichen Statur gar nicht leisten kannst. Und am schlimmsten ist …" Sie drückte meine Finger, um sich meiner Aufmerksamkeit sicher zu sein. „… dass du dein Lächeln verloren hast. Du warst immer so fröhlich. Willst du mir nicht erzählen, was zwischen dir und Josh vorgefallen ist? Und sag mir jetzt bitte nicht, dass deine Stimmung nichts mit ihm zu tun hat. Ich weiß es besser."

Shannon war entschieden zu hellsichtig, wenn es um meinen Gemütszustand ging. Trotzig erwiderte ich ihren Blick. „Kann man in dieser Stadt nicht einfach mal schlechte Laune haben, ohne dass man gleich deswegen

ins Kreuzverhör genommen wird?“, beschwerte ich mich.
„Offensichtlich nicht“, erwiderte Shannon unverfroren.
„Mir geht es prima. Misch dich da nicht ein“, entgegnete ich ruppig.
„Das will ich ja auch gar nicht …“
Wer Shannon Caspary kannte, dem war klar, dass sie sich nicht raushalten *konnte* und ihr *Das will ich ja auch gar nicht* wohl eher dem eigenen Wunschdenken entsprang. Deswegen fiel meine Reaktion entsprechend skeptisch aus. Shannon gab sich geschlagen und verzog die vollen Lippen zu einem Schmollmund.
„Na gut, ich will mich doch einmischen“, gab sie etwas kleinlaut zu. „Aber nur, weil ihr mir beide am Herzen liegt. Vor allem du. Die ganze Stadt rätselt schon herum, warum man euch kaum noch zusammen sieht und wieso Vanessa so schnell wieder abgereist ist. Was ich … nebenbei bemerkt … gar nicht schlimm finde.“
Shannon erlaubte sich ein kurzes Lächeln.
„Ich vermute mal, dass die beiden Schluss gemacht haben.“
Kläglich nickte ich, früher oder später würde sie es ohnehin erfahren, und sie konnte trotz ihrer Neugier sehr verschwiegen sein, wenn man sie darum bat.
„Und wieso siehst du dann so unglücklich aus?“, hakte sie nach. „Du mochtest sie nicht und müsstest jubelnd und Fähnchen schwenkend durch die Straßen ziehen. Verstehst du denn nicht? Das ist deine Chance, um mit Josh glücklich zu werden.“
Das sagte sie so einfach, weil sie nicht über die peinlichen Details informiert war. Plötzlich war ich das Versteckspiel leid und versuchte nicht mehr, meine Gefühle und meine Verbitterung hinter einer Maske der Gleichgültigkeit zu verstecken.

„Als ob eine geplatzte Verlobung allein ausreichen würde, damit er mich als Frau sieht. Hör auf, zu träumen, Shannon. Josh liebt mich nicht, er sieht nur eine Schwester und Freundin in mir, mehr nicht."

Auch dafür hatte Shannon die passende Antwort parat. „Er ist ein Mann und die mögen keine gravierenden Veränderungen. Wir Frauen sind da anders, spontaner." Sie stieß einen tiefen Atemzug aus und drückte mich auf einen der Stühle. „Jetzt spuck's schon aus. Irgendwas ist doch vorgefallen, sonst würdet ihr nicht umeinander herumschleichen, als wärt ihr auf Eierschalen unterwegs."

Sie brachte mich ganz schön in Bedrängnis. Eigentlich wollte ich mich ja jemandem anvertrauen. Es fiel mir aber schwer, über meine Gefühle zu reden, außerdem fühlte ich mich wie eine Versagerin. Während die Nacht mit Josh für mich eine einzige Offenbarung gewesen war, hatte sie ihn nicht sonderlich beeindruckt. Jedenfalls nicht genug, um sich eine Wiederholung zu wünschen. Hinzu kam noch sein Schweigen über das Ende seiner Beziehung. Niemand außer mir – und nun auch Shannon – wusste davon. Er ließ nach wie vor alle im Glauben, er wäre noch in festen Händen und Vanessa wäre aus beruflichen Gründen abgereist.

Schwieg er, um sich vor lästigen Fragen zu schützen, oder hielt er Vanessa ein Hintertürchen offen, falls sie es sich anders überlegen und zu ihm zurückkommen sollte?

Der Druck, meine Sorgen endlich mit jemandem teilen zu können, wurde nun so groß, dass ich einfach drauflosplapperte.

„Vanessa hat Josh wegen eines Piloten verlassen, dann hat er mit mir geschlafen und ich glaube, wir sind jetzt keine echten Freunde mehr."

Sobald der Satz raus war, fühlte ich mich wie ein Ballon, aus dem schlagartig die Luft entwich. Kraftlos sackten meine Schultern nach unten, gleichzeitig stiegen mir die Tränen in die Augen. Nicht mal vor Kummer, sondern vor schierer Erleichterung. Es tat so gut, meine Ängste endlich in Worte fassen zu dürfen, und Shannon würde sorgsam mit meinem Geheimnis umgehen.

„Hey, nicht weinen."

Sie nahm tröstend meine Hand. Ich schluckte die restlichen Tränen runter, bevor ich hier alles unter Wasser setzte. In meiner Hosentasche suchte ich nach einem Taschentuch, schnäuzte mir geräuschvoll die Nase und versuchte zu lächeln. „Entschuldige, es geht schon wieder."

Mitleidig strich sie mir eine Haarsträhne hinters Ohr. „Es ist gut, wenn du deine Gefühle zeigst, das ist doch völlig normal."

„Was soll ich denn jetzt nur tun, Shannon? Meine Freundschaft mit Josh geht den Bach runter und seine Freundin werde ich sicher auch nie werden. Ich meine … wir hatten Sex und er hat gar kein Verlangen danach, es noch einmal mit mir zu machen."

Nun musste sie schmunzeln. „Ich glaube eher, Josh hat eine Scheißangst, dich zu verlieren. Sei nicht so pessimistisch und versuch, geduldig zu sein." Sie zwinkerte mir aufmunternd zu. „Jetzt, wo ich weiß, was los ist, werde ich dir helfen."

„Helfen? Du kannst mir nicht helfen, niemand kann das. Es sei denn, du kennst einen Weg, um die Zeit zurückzudrehen, damit Josh und ich diesen Fehler nicht begehen können."

„Wieso denn Fehler? Ihr liebt euch und habt euch das auch körperlich gezeigt. Das ist einfach nur großartig."

Shannons Begeisterung – irgendwo auch nachvollziehbar, nachdem sie uns schon seit einer halben Ewigkeit in eine Liebesbeziehung hineindrängen wollte und immer gescheitert war – empfand ich nicht als besonders hilfreich. Ich wollte den Urzustand wiederherstellen, um

Josh nicht endgültig zu verlieren, und Shannon plante offenbar schon unsere Hochzeit.

„Ich weiß genau, was dir gerade durch den Kopf geht, Shannon." Mit einer gewissen Nachsicht betrachtete ich ihr hübsches Gesicht. „Du denkst, dass eine Nacht reicht, um aus Josh und mir das neue Traumpaar von Harmonville zu machen, aber da muss ich dich leider enttäuschen. Oder denkst du, ich laufe freiwillig so schlecht gelaunt durch die Gegend? Ich gebe zu, was mich angeht, hattest du recht. Ich bin verrückt nach ihm … aber Josh … er will am liebsten nicht daran erinnert werden, dass wir miteinander geschlafen haben und er geht mir seither aus dem Weg."

Sie legte den Kopf schräg, ihre Mimik wirkte ein wenig ernüchtert. „Was genau ist da zwischen euch schiefgelaufen?"

Gespielt gleichmütig hob ich die Schultern und zog mir einen Stuhl heran, um mich zu setzen. Shannon tat es mir gleich.

„Was schiefgelaufen ist? Das kann ich dir sagen: Ich fand unsere Nacht perfekt, einfach wundervoll, während Josh sie als größten Fehler seines Lebens ansieht. Er erträgt ja nicht mal Umarmung von mir, seit wir … du weißt schon."

„Liebst du ihn?" Die Frage kam wie aus der Pistole geschossen, doch ich kannte Shannon gut und war auf so etwas vorbereitet gewesen.

„Natürlich liebe ich ihn, Josh ist mein bester Freund."

„Davon spreche ich nicht und das weißt du auch."

In puncto Penetranz lief sie jedem den Rang ab. Missmutig begegnete ich ihrem strengen Blick.

„Es ist doch egal, ob ich ihn auf diese oder auf andere Weise liebe", hielt ich dagegen. „Josh bereut unsere Nacht und damit ist das Thema durch."

„Ach was, das ist es noch lange nicht", rief Shannon überzeugt. „Männer brauchen manchmal länger, um das

Unvermeidliche einzusehen. Wenigstens weißt du jetzt, dass du ihn liebst. Das ist immerhin ein Anfang."

Für mich klang das nach Selbstbetrug, und ehrlich gesagt wunderte es mich, dass Shannon nicht ein Stück von ihrer Überzeugung abrückte. Wenn Josh und ich füreinander bestimmt gewesen wären, würde er jetzt nicht so eine Zurückhaltung an den Tag legen. Nicht wahr? Es wurde Zeit, Shannon endlich auf den Boden der Tatsachen zurückzubringen.

„Und was bringt mir *mein* Wissen, wenn *er* immer noch Vanessa hinterhertrauert?", fragte ich provokativ. „Shannon, er hat mir gegenüber zugegeben, dass er sich nur ablenken wollte. Es hat ihm nichts bedeutet, ich war einfach nur … da."

„Papperlapapp! Das glaube ich nicht", meinte Shannon so überzeugt, dass ich beinahe selbst daran glaubte – aber eben nur fast.

„Es ist aber so, wie ich es sage", erwiderte ich müde. Ich hatte Joshs Zerknirschung am Morgen danach noch immer vor Augen. Keine besonders ermutigende Erinnerung.

„Er hat doch nur Angst vor dem nächsten Schritt. Josh ist verrückt nach dir."

Irgendwie empfand ich es ja als tröstend, dass wenigstens ein Mensch an eine Beziehung zwischen uns glaubte, trotzdem versuchte ich, das Ganze ins Lächerliche zu ziehen.

„Ach komm, erzähl mir nichts. Wenn er eine Frau will, dann ist das Vanessa, egal, wie viel Mist sie gebaut hat. Was glaubst du, warum er noch immer keinem erzählt hat, dass mit ihr Schluss ist? Ich sag's dir: Weil er es nicht wahrhaben will und darauf hofft, dass sie zu ihm zurückkommt."

„So dämlich ist er nicht", antwortete Shannon, wirkte aber ein klein wenig verunsichert.

„Männer *sind* dämlich, wenn es um Frauen geht“, entgegnete ich mit Leichenbittermiene und fuhr fort, Shannons Argumentation zu zerpflücken. „Er war monatelang mit ihr zusammen und wollte sie sogar heiraten. Denkst du, das hat er einfach vergessen, nur weil er einen Abend lang seinen Kopf verloren hat?“

Shannon schlug die Augen gen Himmel aufgrund meiner verdrehten Logik. „Mein Gott, du und deine Gedanken …“ Vorwurfsvoll musterte sie meine resignierte Miene. „Ernsthaft, ich bin froh, dass ich nicht in deiner Haut stecke, da täte mir den ganzen Tag lang der Kopf weh.“

Ich zog nur eine meiner Augenbrauen hoch und musterte sie hochnäsig, weil mich ihre Worte doch ein klitzekleines bisschen trafen. Mit meinem Kopf war alles in bester Ordnung!

„Ist mir egal, was du denkst, ich kenne Josh und weiß, wie er tickt“, erwiderte ich beleidigt.

Sie verdrehte die Augen und versuchte, diese Diskussion, die in einen Streit auszuarten drohte, zu entschärfen. „Sei nicht sauer. Ich will doch nur nicht, dass du dir diese Chance durch die Lappen gehen lässt. Jahrelang warte ich darauf, dass du einsichtig wirst, jetzt ist es endlich so weit und du hast Angst vor dem Schatten seiner Ex. Vanessa ist weg, sie hat ihn betrogen. Selbst der dümmste Kerl würde nicht mehr auf eine solche Blenderin reinfallen, und Josh ist alles andere als blöd. Dieses Weib wird nie wieder einen Fuß in diese Stadt setzen und du hast freie Bahn.“

„Und wenn du dich irrst?“, warf ich ein und blieb stur in diesem Punkt. „Wenn sie plötzlich genug hat von ihrem Piloten und Josh wieder um den Finger wickelt? Er liebt sie noch und du sagst doch selbst, wie stark die Liebe einen Menschen beeinflussen kann.“

„Irrtum … er *denkt* vielleicht, dass er sie liebt, das ist ein himmelweiter Unterschied. Gib ihm noch ein paar

Wochen Zeit, um über sie hinwegzukommen. So viele Monate steckt man nicht so einfach weg. Aber irgendwann wird er aufwachen und dann ist der Weg frei für dich. Dass er mit dir geschlafen hat, beweist doch, dass er dich begehrt, und du bist ein verdammt hübsches Mädchen. Er wird es wieder tun wollen, du musst ihn nur ein bisschen anstacheln."

Sie sprach davon, ihn zu verführen. Nie im Leben würde ich es über mich bringen, Josh anzubaggern. Ich käme mir dabei total bescheuert vor.

„Dass er mit mir im Bett gelandet ist, beweist höchstens, dass Männer in alkoholisiertem Zustand so ziemlich alles vögeln, was nicht bei drei auf dem Baum ist", erwiderte ich plump und verschwieg ihr bewusst, dass Josh durchaus noch gewusst hatte, was er tat. Der Alkohol hatte ihn vielleicht enthemmt, aber nicht seinen Verstand beeinflusst.

Für meine Bemerkung erntete ich einen bösen Blick von Shannon. „Also wirklich, Kelly. So einer ist Josh nicht. Es *muss* ihm etwas bedeutet haben", widersprach sie mit einer Beharrlichkeit, die so langsam *meine* Argumentation zerpflückte.

„Glaub mir, keiner kann der wahren Liebe entkommen. Auch dein Josh nicht." Sie legte mir die Hand auf die Schulter. „Kelly, du musst um Josh kämpfen, aber du musst es auch wollen und daran glauben, sonst nutzt es nichts. Willst du mit ihm zusammen sein? Mit allem, was dazugehört?"

Es war *die* entscheidende Frage. Von meiner Antwort hing ab, wie sich meine Beziehung zu Josh in Zukunft entwickeln würde. Ich horchte tief in mich hinein, erinnerte mich an seine Küsse und seinen warmen, nackten Körper auf meinem. Sollte ich den Rest meines Lebens damit zubringen, mich danach zu sehnen, ohne ihn wieder spüren zu dürfen?

Niemals. Er gehörte zu mir, er war *mein* Mann, auch wenn ich lange gebraucht hatte, um das zu verstehen. Und verdammt noch mal, ich würde ihn am Ende für mich gewinnen.

Koste es, was es wolle!

Ende Teil 1

Autorin

Vivian Hall wurde 1977 in einer schwäbischen Kleinstadt geboren und lebt heute glücklich mit Mann und Kind in einem idyllischen Dörfchen nahe der Donau. Lange Jahre arbeitete sie als Erstkraft in der Parfümerie einer Einzelhandelskette. Ein Beruf, den sie für ihr Kind vorerst an den Nagel gehängt hat. Als leidenschaftliche Leserin, verschlingt sie Bücher aller Genres und kreiert – nach eigener Aussage - absolut laienhaft, aber voller Begeisterung Banner, mit Hilfe ihres Fotobearbeitungsprogramms. Für sie ist der kreative Umgang mit Bildern ein wichtiger Ausgleich, um zu entspannen und Raum für neue Ideen zu schaffen, denn ihr größtes Hobby bleibt das Schreiben. Mit Worten zu spielen und dabei Geschichten über Liebe, Leidenschaft und Intrigen entstehen zu lassen - das ist eine ganz große Leidenschaft von ihr.

Website: www.vivianhall.de

Ebenfalls erhältlich:

Contract 1: Fesseln der Verführung
Contract 2: Dunkles Verlangen
Cowboy sucht Frau – Teil 1
Cowboy sucht Frau - Teil 2
Disaster Girl: Ein Traummann zu Weihnachten
Family Affairs: Heiße Sehnsucht
Family Affairs: Jagdfieber
Family Affairs: Verbotenes Verlangen
Hot Surrender

Aphrodites Söhne 3: Unsterbliche Leidenschaft
Ivy Paul
ISBN Taschenbuch: 978-3-86495-187-9
ISBN eBook: 978-3-86495-188-6

Aus Rache stiehlt Melody Matušek dem Waffenhändler Pelka wichtige Unterlagen und überlässt diese als Gegenleistung für ihren Schutz dem britischen Geheimdienst. Der tödlich gefährliche MI5-Geheimagent Jake Harper wird deshalb zu ihrem Leibwächter abkommandiert. Zuerst ist Jake wenig begeistert, als sich Melody zu allem Übel auch noch als eine moderne Eliza Doolittle entpuppt. Doch rasch entbrennen Jake und Melody in heißer Leidenschaft füreinander, aber keiner der beiden kann Gefühle zulassen.
Jake und Melody müssen sich in einem südenglischen Dorf verstecken, gefangen in ihrer Rolle als Ehepaar. Eine drohende Gefahr zwingt Melody dazu, Jake zu vertrauen. Doch kann eine Liebe bestehen, die aus Angst und Täuschung geboren wurde?

Der Abschlussband der „Aphrodites Söhne"-Trilogie.

Michelles Verführung
Emilia Jones
ISBN Taschenbuch: 978-3-86495-211-1
ISBN eBook: 978-3-86495-212-8

Quälende Einsamkeit ist Michelles einziger Begleiter. Gelegentlich verdient sie sich im Vampir-Nachtclub „Club Noir" mit ihrem Menschenblut etwas Geld - auf sexuelle Kontakte mit den Vampiren will sie sich jedoch nicht einlassen. Ihr abweisendes Verhalten verleitet einige Vampire zu einer Wette. Einer von ihnen – Raoul – soll Michelle umgarnen, ihr Vertrauen gewinnen und ihre Lust erwecken.
Gesagt, gewettet! Raoul verfolgt das Objekt seiner Begierde hartnäckig. Er lässt ihr keine Ruhe, bis sie ihm schließlich nachgibt …

Teil 1,5 der Club Noir-Reihe.

Master of my Heart
Holly Summer
ISBN Taschenbuch: 978-3-86495-181-7
ISBN eBook: 978-3-86495-182-4

Vivien kann es kaum glauben: Sie hat es geschafft, eine Praktikantenstelle in einem Wirtschaftsunternehmen in Boston zu bekommen. Ihr neuer Boss, Matthew McQueen, ist ein charismatischer "Alphawolf" und der begehrteste Mann an der Ostküste. Was er will, das nimmt er sich - und er will Vivien.
Vivien verfällt seinen erotischen Verlockungen und findet sich bald in einer ausweglosen Situation wieder, denn sie hat sich unsterblich in ihren Chef verliebt. Aber Matthew denkt gar nicht daran, ihr die gleichen Gefühle entgegenzubringen. Stattdessen beherrscht und kontrolliert er Vivien immer mehr.
Vivien hofft weiter, doch eine folgenschwere Intrige droht, alles zu zerstören …

Teil 1 des „Master"-Zweiteilers.

Verlagsprogramm, Leseproben,
Buch-Trailer & Autoreninfos:
www.plaisirdamour.de

Facebook:
Plaisir d'Amour Verlag

YouTube-Kanal:
Plaisir d'Amour Verlag